A cadeira do dentista

e outras crônicas

PARA GOSTAR DE LER 15

A cadeira do dentista
e outras crônicas

CARLOS EDUARDO NOVAES

Ilustrações
Roberto Negreiros

editora ática

Este livro apresenta os mesmos textos ficcionais das edições anteriores.

A cadeira do dentista e outras crônicas
© Carlos Eduardo Novaes, 1994

Diretor editorial	Fernando Paixão
Editora	Carmen Lucia Campos
Colaboração na redação de textos	Malu Rangel
Coordenadora de revisão	Ivany Picasso Batista
Revisora	Cátia de Almeida

ARTE
Projeto gráfico	Jiro Takahashi
Editora	Suzana Laub
Editor assistente	Antonio Paulos
Editoração eletrônica	Studio 3 Desenvolvimento Editorial
	Eduardo Rodrigues
Edição eletrônica de imagens	Cesar Wolf

CIP-BRASIL. CATALOGAÇÃO NA FONTE
SINDICATO NACIONAL DOS EDITORES DE LIVROS, RJ

N814c
8.ed.

Novaes, Carlos Eduardo, 1940-
A cadeira do dentista e outras crônicas / Carlos Eduardo Novaes ; ilustrador Roberto Negreiros. - 8.ed. - São Paulo : Ática, 2002.
144p. : il. -(Para Gostar de Ler ; v.15)

Inclui apêndice
Contém suplemento de leitura
ISBN 978-85-08-08316-9

1. Humorismo infantojuvenil brasileiro. I. Negreiros, Roberto, 1955-. II. Título. III. Série.

10-0514.	CDD 028.5
	CDD 087.5

ISBN 978 85 08 08316-9 (aluno)
ISBN 978 85 08 08317-6 (professor)

2021
8ª edição
19ª impressão
Impressão e acabamento: Forma Certa

Todos os direitos reservados pela Editora Ática
Av. Otaviano Alves de Lima, 4400 – CEP 02909-900 – São Paulo, SP
Atendimento ao cliente: 4003-3061 – atendimento@atica.com.br
www.atica.com.br

IMPORTANTE: Ao comprar um livro, você remunera e reconhece o trabalho do autor e o de muitos outros profissionais envolvidos na produção editorial e na comercialização das obras: editores, revisores, diagramadores, ilustradores, gráficos, divulgadores, distribuidores, livreiros, entre outros. Ajude-nos a combater a cópia ilegal! Ela gera desemprego, prejudica a difusão da cultura e encarece os livros que você compra.

Sumário

A laranja da crônica 7

O Estripador de Laranjeiras 11
Essas mães maravilhosas e suas máquinas infantis 18
Titia em apuros 22
Vida de acompanhante 26
Por que no lugar do boi...? 32
A idade da pedra 36
O massacre da peruca 41
O outro 45
A informação veste hoje o homem de amanhã 49
A cadeira do dentista 53
A falta de senso do censo 56
O rei de Noveorqui 61
Amarrem os cintos e não fumem 68
A regreção da redassão 72
Em busca do ouro 79
O marreco que pagou o pato 84
Meu primeiro assalto 89
Os filhos dos descasados 93
Férias no Rio 97
Ser filho é padecer no purgatório 102
Belle de jour 108
Ms Allegro (ma non troppo) 114
Concerto em sol menor 119
Do pincel à bomba 124
A novela conjugal 129

Conhecendo o autor 133
Referências bibliográficas 137

A laranja da crônica

Carlos Eduardo Novaes

São 25 crônicas que virão a seguir, escolhidas e selecionadas, como frutas para exportação, na plantação de textos do meu latifúndio literário (24 livros).

O pomar da literatura, vocês sabem, é composto de diferentes espécies: a poesia, que, pela sua delicadeza, comparo à uva; o romance, que, pela sua densidade, me lembra uma jaca (não dá para comer toda de uma vez e se presta muito para fazer doces e filmes); o conto, que, para ter qualidade, precisa ser redondo como uma lima; a novela, que, a meio caminho entre o conto e o romance, poderia ser um melão; e a crônica, que, pela variedade e popularidade, equivale à laranja.

O conto e a crônica, como se vê, são parecidos e às vezes até confundidos sob um olhar apressado. O conto, como a lima, tem a casca mais fina e pode ser mais agradável a um paladar delicado. A crônica, casca mais grossa, não requer tantos cuidados para frutificar. Cresce até em publicações periódicas, como jornais e revistas, mas nem por isso seu valor nutritivo é menor: contém todas as vitaminas necessárias à formação de um leitor.

As crônicas, como as laranjas podem ser doces ou azedas; consumidas em gomos ou pedaços, na poltrona de casa, ou virar suco, espremidas nas salas de aula.

Para quem está começando agora a percorrer os caminhos desse delicioso pomar, devo dizer que as duas dúzias de crônicas que estou oferecendo (vai mais uma de "quebra") são azedinhas, muito cítricas (ou críticas), mas, espero, bastante saborosas. Faço votos que vocês se deliciem com elas, que lhes matem a sede de leitura e — último aviso — não esqueçam de cuspir os caroços.

A cadeira do dentista
e outras crônicas

O Estripador de Laranjeiras

As pessoas estão com medo. Expressões tensas, gestos nervosos, olhares desconfiados, todos à beira do pânico. Uma simples faísca pode provocar a explosão.

Constatei esse clima uma tarde quando saí de casa para comprar pão. Parado na porta da padaria, já com os dois pãezinhos debaixo do braço, num momento de bobeira, acendi um cigarro, olhei o tempo e procurei pelas horas. Não havia relógio à minha volta. Vi uma senhora caminhando apressada pela calçada, bolsa apertada contra o peito. Aproximei-me, sem ser visto, e toquei de leve no seu ombro. A mulher virou-se e deu um berro monumental:

— UAAAAAIIIII! — e saiu correndo.

Precipitou-se uma reação em cadeia. A mulher correu para um lado, eu, sem saber do que se tratava, corri para o outro, o jornaleiro se abaixou atrás da banca, o empregado da padaria arriou rápido a porta de ferro, o guarda de trânsito, de um salto, escondeu-se atrás de um carro, algumas pessoas correram em busca de proteção e alguém gritou: "Pega ladrão". Ouvi o grito no meio da corrida, parei de estalo e olhei para os lados querendo saber em que direção ia o ladrão (naturalmente para tomar a direção oposta). Ao parar, observei um grupo a uns 30 metros de distância correndo na minha direção aos berros de "pega ladrão". Recomecei a correr e, por via das dúvidas, passei a gritar também "pega ladrão".

Será que o ladrão sou eu? — pensei enquanto corria. A turba que vinha atrás de mim mostrava-se enfurecida de-

mais para ouvir explicações. Dobrei a rua na disparada, vi um caminhão da PM estacionado e tratei de entrar no edifício onde mora um amigo meu, Rubem, médico homeopata.
— Que houve? — perguntou ele, ao me ver ofegante, com cara de raposa, aquela raposa perseguida nos campos ingleses por cachorros perdigueiros e cavaleiros de casacos vermelhos.
— Não sei, Rubem. Acho que estão perseguindo um assaltante aí na rua. Eu tô com medo. Posso ficar um pouco aqui em sua casa?
— Claro, claro. Fique à vontade. Eu já estava saindo. Vou lá no orelhão dar uns telefonemas. Talvez me demore. Você, por favor, não faça barulho que mamãe chegou agora da rua, foi dormir um pouquinho. Ela anda muito tensa com essa onda de assaltos, você sabe...

Rubem desceu. Dei um tempo para recuperar a respiração normal e fui até a janela ver se já haviam apanhado o ladrão. Quando abri a janela e meti a cara, lembrei-me do Papa em suas aparições na sacada da Basílica de São Pedro. Havia uma multidão na rua, que ao me ver começou a gritar:
— Olha ele lá!
— Tá lá o assaltante! — gritavam, apontando para mim.
— Pega! Já invadiu um apartamento! Pega!
Quer dizer que o ladrão sou eu? Permaneci alguns segundos sem entender, depois passei a gritar para a turba lá embaixo, gesticulando:
— Não! Não sou eu, não! Eu não! Deve haver algum engano!

A turba não ouvia. Gritava e babava de ódio. Afastei-me da janela pensando em como me explicar melhor. Sem querer, esbarrei num vaso em cima de uma cristaleira. O vaso se esborrachou no chão com grande estardalhaço. Curvei-me em silêncio para catar os cacos e ouvi uma voz feminina atrás de mim:
— Rubem?

Quando me virei, a senhora fez uma expressão de pavor e correu para a janela aos berros:

— Socorro! Socorro! Me salvem! Ele me seguiu até aqui! Quer me matar com um caco de vidro!

Tentei me explicar. A senhora, em estado de choque, não ouvia nada:

— Ele vai me matar! Ele vai me matar! — uivava, debruçando-se na janela.

Que loucura! Antes de mais nada, pensei, tenho que tirar essa velha doida da janela. Aproximei-me, tapei-lhe a boca e puxei-a para dentro. Naturalmente, fui visto pela multidão lá embaixo, que, diante da cena, passou a entoar um novo coro:

— Olha lá! Olha lá! Ele vai matar a velha!
— É o tarado da Gago Coutinho! Só ataca velhas!
— Peguem o assassino!
— Peguem o Estripador de Laranjeiras!

A essa altura havia milhares de pessoas na rua. A PM, que pedira reforços, passou um cordão de isolamento diante do prédio e já contava com apoio da Polícia do Exército, do Corpo de Bombeiros, dos Fuzileiros Navais. Alguns helicópteros sobrevoavam o edifício. Dentro do apartamento, eu rolava pelo chão numa luta corporal com a velha. Como não sossegasse, fui obrigado a lhe aplicar um golpe de caratê para que desmaiasse. Depois, ao acordar eu daria as explicações necessárias e pediria desculpas. Levantei-me, deixando a senhora com as vestes rasgadas estirada no tapete. Ouvi, então, uma voz vindo da rua através de um alto-falante:

— Atenção! Atenção, Estripador de Laranjeiras, se você não sair, nós vamos entrar! Deixe suas armas e saia pela portaria principal com as mãos sobre a cabeça! Atenção, Estripador, você tem cinco minutos para sair!

Juro que não sabia o que fazer. Olhei à volta. Minhas armas eram dois pãezinhos franceses. Tinha saído para comprar pão e só porque a população da cidade está tensa já virei o Estripador de Laranjeiras. Onde está o Rubem que não chega? Rubem, atrás do cordão de isolamento, discutia com o coronel-chefe da Operação Estripador.

— O senhor não pode entrar! — dizia o coronel.
— Mas eu moro aqui no prédio...
— Sinto muito, mas tem um assassino à solta dentro do prédio. Só estamos autorizando as pessoas a sair. Entrar, nunca!
— Eu só saí para dar uns telefonemas — insistiu Rubem. — Estou com um amigo lá em casa.
— Qual é o apartamento em que o senhor mora?
Rubem caiu na asneira de apontar. O coronel arregalou os olhos.
— Mas é onde está escondido o Estripador de Laranjeiras!
— O quêêê? — berrou Rubem.
E não teve tempo de dizer mais nada. O coronel gritou: "um cúmplice", e imediatamente um bando de policiais caiu sobre o Rubem, arrastando-o para um camburão.
— Pegamos o cúmplice — disse o coronel para o capitão. — Agora só falta o Estripador. Quantos minutos já se passaram?
— Quatro! Se ele não sair, coronel, creio que só há uma solução: pedir aos moradores para evacuarem o prédio e implodi-lo.
— Atenção, Estripador — berrou o coronel no megafone. — Você tem apenas um minuto para descer. Largue essa velhinha, que nada lhe acontecerá!
Lá embaixo os boatos fervilhavam. Ninguém tinha dúvidas de que eu havia invadido o apartamento daquela senhora. Algumas pessoas, enquanto aguardavam o desfecho, diziam aos policiais que o Estripador tinha preferência por senhoras com mais de 70 anos. No apartamento, eu não sabia o que fazer. Ficar seria pior: eles acabariam arrombando a porta e, como nos filmes, iam entrar atirando. Resolvi me apresentar. Desci os três andares pela escada e parei na porta do prédio, segurando sobre a cabeça, com as duas mãos, o embrulhinho cinza da padaria. Um silêncio de espanto correu pela espinha da multidão. Observei as pessoas cochichando.
— Olha a cara dele! Cara de facínora!

— Repara no ar de tarado! Olha as olheiras! É um criminoso típico! Não engana ninguém!

Escutei ruídos de algumas armas sendo engatilhadas. O coronel, à distância, gritou para mim:

— Jogue fora essa arma que você tem aí embrulhada, Estripador.

— Não é arma: é o meu pão!

O coronel deu um sorriso de descrença. Entre mim, na porta do prédio, e a tropa havia uma distância de uns 20 metros. Desembrulhei o pão e joguei-o aos pés do coronel. O coronel ao ver aquele objeto (não identificado) voando na sua direção, correu e gritou:

— Corram! Abaixem-se!

Foi uma correria infernal. Abriu-se uma clareira em torno do pão que caiu, quicou duas vezes e parou. Todos olhavam para o pão esperando que explodisse a qualquer momento. Ninguém tinha coragem de se aproximar.

— Vá chamar um desativador de bombas — disse o coronel, olhando de binóculo para o artefato de trigo. — Diga que a bomba está dentro de um pão... um pão francês.

Como o pão não explodiu, a tropa de choque levantou-se e foi caminhando para ele, com vagar e temor. Quando já estavam a um metro do pão, eu, que continuava parado na porta do prédio, joguei o segundo. Saiu todo mundo correndo novamente. Coloquei as mãos na cabeça e me entreguei ao coronel.

— Que é que você estava fazendo com esses pães, Estripador?

— Tinha acabado de comprar. Saí só pra comprar pão.

— Sei, sei. Conta outra, Estripador — comentou o coronel com sorriso irônico. — Quer me dizer que esse alvoroço todo foi só porque você saiu para comprar pão?

— Não, senhor. Tudo isso aconteceu porque eu fui perguntar as horas a uma senhora.

— Perguntar as horas? — repetiu o coronel sem acreditar.

O coronel chamou o capitão. Ouvi quando ele disse baixinho: "Trata-se de um louco. Traga uma camisa de força, vamos interná-lo num hospital psiquiátrico". No momento em que eu ia começar a me explicar, aproximou-se um sargento que tinha ido revistar o apartamento dizendo que a senhora estava desmaiada na sala com as vestes rasgadas. Bem, aí desisti e tratei de me compenetrar que eu era mesmo o Estripador de Laranjeiras.

Essas mães maravilhosas e suas máquinas infantis

Flávia logo percebeu que as outras moradoras do prédio, mães dos amiguinhos do seu filho, Paulinho, seis anos, olhavam-na com um ar de superioridade. Não era para menos. Afinal o garoto até aquela idade — imaginem — se limitava a brincar e ir à escola. Andava em total descompasso com os outros meninos, que já desenvolveram múltiplas e variadas atividades desde a mais tenra idade. O recorde, por sinal, pertencia ao garoto Peter, filho de uma brasileira e um canadense, nascido em Nova Iorque. Peter tão logo veio ao mundo entrou para um curso de amamentação ("Como tirar o leite da mãe em 10 lições"). A mãe descobriu numa revista uma pesquisa feita por médicos da Califórnia informando sobre a melhor técnica de mamar (chamada técnica de Lindstorm, um psicanalista, autor da pesquisa, que para realizar seu trabalho mamou até os 40 anos). A maneira da criança mamar, afirmam os doutores, vai determinar suas neuroses na idade adulta.

Uma tarde, Flávia percebeu duas mães cochichando sobre seu filho: que se pode esperar de um menino que aos seis anos só brinca e vai à escola? Flávia começou a se sentir a última das mães. Pegou o marido pelo braço dizendo que os dois precisavam ter uma conversa com o filho.

— O que você gostaria de fazer, Paulinho? — perguntou o pai dando uma de liberal que não costuma impor suas vontades.

— Brincar...
O pai fez uma expressão grave.
— Você não acha que já passou um pouco da idade, filho? A vida não é uma eterna brincadeira. Você precisa começar a pensar no futuro. Pensar em coisas mais sérias, desenvolver outras atividades. Você não gostaria de praticar algum esporte?
— Compra um time de botão pra mim.
— Botão não é esporte, filho.
— Arco e flecha!
Os pais se entreolharam. Nenhum dos meninos do prédio fazia curso de arco e flecha. Paulinho seria o primeiro. Os vizinhos certamente iriam julgá-lo uma criança anormal. Flávia deu um calção de presente ao garoto e perguntou por que ele não fazia natação.
— Tenho medo.
Se tinha medo, então era para a natação mesmo que ele iria entrar. Os medos devem ser eliminados na infância. Paulinho ainda quis argumentar. Sugeriu alpinismo. Foi a vez de os pais tremerem. Mas o medo dos pais é outra história. Paulinho entrou para a natação. Não deu muitas alegrias aos pais. Nas competições chegava sempre em último, e as mães dos coleguinhas continuavam olhando Flávia com uma expressão superior. As mães, vocês sabem, disputam entre elas um torneio surdo nas costas dos filhos. Flávia passou a desconfiar de que seu filho era um ser inferior. Resolveu imitar as outras mães, e além da natação colocou Paulinho na ginástica olímpica, cursinho de artes, inglês, judô, francês, terapeuta, logopedista. Botou até aparelho nos dentes do filho. Os amiguinhos da rua chamavam Paulinho para brincar depois do colégio.
— Não posso, tenho aula de hipismo.
— Depois do hipismo?
— Vou pro caratê.
— E depois do caratê?
— Faço sapateado.

— Quando poderemos brincar?
— Não sei. Tenho que ver na agenda.
Paulinho andava com uma agenda Pombo debaixo do braço. À noitinha chegava em casa mais cansado do que o pai em dia de plantão. Nunca mais brincou. Tinha todos os brinquedos da moda, mas só para mostrar aos amiguinhos do prédio. Paulinho dava um duro dos diabos. "Mas no futuro ele saberá nos agradecer", dizia o pai. O garoto estava sendo preparado para ser um super-homem. E foi ficando adulto antes do tempo, como uma fruta que amadurece de véspera. Um dia Flávia flagrou o filho com uma gravata à volta do pescoço tentando dar um laço. Quando fez sete anos disse ao pai que a partir daquele dia queria receber a mesada em dólar. Aos oito abriu o berreiro porque seus pais não lhe deram um cartão de crédito de presente. Com oito anos, entre uma aula de xadrez e de sânscrito, Paulinho saiu de casa muito compenetrado. Os amiguinhos da rua perguntaram onde ele ia:
— Vou ao banco.
Caminhou um quarteirão até o banco, sentou-se diante do gerente, pediu sugestões sobre aplicações e pagou a conta de luz como um homenzinho. A façanha do garoto correu o prédio. A vizinhança começou a achá-lo um gênio. As mães dos amiguinhos deixaram de olhar Flávia com superioridade. Os pais, enfim, puderam sentir-se orgulhosos. "Estamos educando o menino no caminho certo", declarou o pai batendo no peito. Na festa de 11 anos, que mais parecia um coquetel do corpo diplomático, um tio perguntou a Paulinho o que ele queria ser quando crescesse.
— Criança!
Paulinho cresceu. Cresceu fazendo cursos e mais cursos. Abandonou a infância, entrou na adolescência, tornou-se um jovem alto, forte, espadaúdo. Virou Paulão. Entrou para a faculdade, formou-se em Economia. Os pais tinham sonhos de vê-lo na Presidência do Banco Central. Casou com uma jornalista. Paulão respirou aliviado por sair debaixo das asas

da mãe, que até às vésperas do casamento queria colocá-lo num curso de preparação matrimonial. Na lua de mel, avisou à mulher que iria passar os dias em casa dedicando-se à sua tese de mestrado. A mulher ia e vinha do emprego e Paulão trancado no seu gabinete de estudos. Uma tarde, o marido esqueceu de passar a chave na porta. A mulher chegou, abriu e deu de cara com Paulão sentado no tapete brincando com um trenzinho.

Titia em apuros

Minha tia Valda, uma robusta senhora de 68 anos, gostou de uma camisa polo que viu na vitrine de uma loja de artigos masculinos. Entrou e pediu para experimentar.

— Infelizmente não temos o seu tamanho nessa cor — respondeu o vendedor, solícito.

Não sei se é uma maldição que persegue nossa família, mas nunca conseguimos os artigos que nos atraem nas vitrines. Não tem a cor ou não tem o modelo ou não tem o tamanho. Uma ocasião, apaixonei-me por um sapato que vi numa vitrine em Copacabana. O vendedor fez-me sentar e apareceu com outro modelo (achando que ia me levar na conversa).

— Quero aquele da vitrine!

— Infelizmente — disse ele —, aquele nós só temos um pé!

É ou não é uma maldição? Acontece de tudo para frustrar os desejos de consumo da nossa família. É inacreditável, um sapato na vitrine sem seu par. Levantei-me e reagi, carregado de indignação:

— O que houve com o outro pé? Venderam para o Saci?

Tia Valda mal iniciou a ação de bater em retirada, e o vendedor logo despejou um monte de camisas à sua frente.

— Temos essa verde... essa lilás... essa que chegou agora, cor telha, é a última novidade — foi dizendo o vendedor, abrindo as camisas diante de titia. — A senhora deve ficar muito bem de lilás.

Tia Valda preferiu a preta. Pegou a camisa e viu a letra P na etiqueta. Perguntou se não tinha M. Não tinha, mas para não perder a comissão, o vendedor preferiu dizer que P era tamanho da titia. Qualquer vesgo verificaria que tia Valda, com seu corpo de halterofilista búlgara, não caberia dentro daquela camisa. O vendedor, porém, veio com a conversa de que o fabricante fazia números maiores e coisa e tal. Titia acreditou e se enfiou no cubículo de experimentar roupas, que só não se confunde com uma solitária porque há uma cortina no lugar das grades. Vestiu a camisa, constatou que o P significava P mesmo e, no momento de retirá-la, ela ficou presa no meio do caminho, cobrindo a cabeça de titia.

Tia Valda ainda insistiu, debatendo-se entre as paredes do cubículo, mas a camisa encalhara como um navio num banco de areia. Braços erguidos, rosto coberto, titia começou a sentir calor, falta de ar e foi entrando em pânico. Para não sair da cabine às cegas, feito um boi-bumbá, resolveu gritar. Mas gritar o quê? Nunca tinha estado numa situação dessas. O que gritar quando se luta desesperadamente com uma camisa? Sem se lembrar de nada em especial, encheu os pulmões e berrou:

— Socorro! Socorro!

Era de ver: a loja inteira se despencou na direção da cabine, vendedores, fregueses, até a moça do caixa foi atrás. Não se podia pensar num assalto: não cabem duas pessoas nessas cabines. Talvez uma barata. O vendedor que a atendia puxou a cortina e surgiu tia Valda, braços levantados, cabeça coberta, rodopiando feito uma vaca brava.

— Momentinho — pediu o vendedor —, fique calma que nós vamos ajudá-la.

Ele tentou puxar a camisa, mas a essa altura tia Valda tinha o corpo empapado de suor e a camisa resistia mais do que um burro empacado.

— Eu puxo aqui e você puxa daí — disse para o gerente. Os dois se esforçavam, mas a cada puxão a velha ia junto com a camisa.

— Alguém aí, por favor, segure a madame — pediu o vendedor, recebendo de pronto a colaboração de vários voluntários. Tia Valda bufava no meio daquele sufoco e estava vendo a hora que iriam lhe arrebentar o sutiã. Na sua idade já não se sentia à vontade para fazer um topless numa loja de artigos masculinos.

— Por que não cortam essa camisa? — perguntou alguém do grupo de voluntários que seguia cambaleando pela loja, empencado em tia Valda.

— Não precisa cortar, nós vamos dar um jeitinho — disse o vendedor, que já suava mais que titia e não queria pagar a camisa.

A essa altura, já havia uma multidão à porta da loja assistindo à cena. Muita gente não entendia o que se passava, ao ver um grupo de homens agarrados a uma senhora de braços erguidos, entalada por uma camisa. Uma velhinha, na porta, imaginou, com toda razão, que o grupo estava querendo despir tia Valda para violentá-la na loja, e resmungou:

— Esses vendedores são uns tarados!

A confusão aumentava. Tia Valda, camisa grudada no corpo, pedia que chamassem o Corpo de Bombeiros. Alguém sugeriu que sentassem titia.

— Amarrem essa velha numa cadeira!

Depois de muito esforço, a camisa acabou sendo rasgada, para alívio de tia Valda, que arfava como se tivesse passado todo esse tempo debaixo d'água. Ela agradeceu os aplausos e voltou à cabine para se recompor. No momento em que abotoava a blusa, viu um braço varando a cortina do cubículo. Era o vendedor, entregando-lhe uma camisa e dizendo:

— A senhora não gostaria de experimentar este outro modelo?

Vida de acompanhante

Ana teve que fazer uma pequena intervenção cirúrgica e me convidou para ser seu acompanhante na casa de saúde. Bem, normalmente evito passar até na porta de hospital (atravesso sempre para o outro lado da rua, receoso de apagar diante de um bafo mais forte de éter). Aquela situação, porém, não me permitia simplesmente bater em retirada. Mesmo assim, o medo falou mais alto e bem que tentei cair fora.

— Escuta, Ana, quero lhe dizer que me sinto profundamente honrado com o convite que você me fez para ser seu *partner* no hospital, mas... será que vai pegar bem? Será que o pessoal do hospital não vai reparar de você ter o próprio marido como acompanhante? Você sabe como é esse pessoal de hospital, fala demais. Vão dizer que você é uma mulher absorvente, ciumenta, que não larga o marido nem para ser operada.

— Se você não quiser ir — disse ela muito segura —, eu chamo outra pessoa.

— Não, Ana. Que isso? Eu vou, claro. Tamos aí, firme. O problema é que não tenho muita experiência. Talvez pudéssemos chamar outra pessoa para ir com a gente. Na minha vida, só entrei como acompanhante em baile de formatura. O convite do hospital dá direito a levar quantos acompanhantes?

— Um. Um só. E vai ser você. Ou será que você está com medo?

— Quem eu? — dei aquela do machão. — Você não me conhece... Sou uma fera braba dentro de um hospital.
— Tenho a impressão de que você está com medo.
Não adianta fingir, pensei. Resolvi me entregar:
— Morrendo, Ana. Tô morrendo de medo. Não sei se vou aguentar. Tenho pavor de entrar em hospital, aquele clima, aquele cheiro... Veja, já estou suando só de pensar.
— Fique tranquilo — disse ela me afagando —, não precisa se preocupar. Não vou deixá-lo sozinho.
— Você jura? Mas e quando você estiver na sala de cirurgia, quem vai tomar conta de mim?
— Fique calmo, bobinho. Deixo minha irmã tomando conta de você. Eu volto logo. Qualquer coisa, estarei ao seu lado.
A conversa foi muito reconfortante. Ana procurou me dar força e, depois de ouvi-la durante três horas, senti que já estava psicologicamente preparado para enfrentar a situação de acompanhamento. — Não precisa ficar nervosa — disse ao vê-la tensa —, vai correr tudo bem, não vou dar nenhum trabalho. — Restava saber o que faz um acompanhante. Liguei para uma amiga que, no ano passado, acompanhou quatro parentes (foi até eleita a Acompanhante do Ano) e perguntei se havia necessidade de levar uma maletinha de primeiros socorros com gaze, esparadrapo, mercurocromo.
— Só se a operação fosse no meio da selva — disse ela. — Fique descansado, acompanhante é uma boa. Só tem que chamar a enfermeira, apanhar um copo de água de vez em quando... Acompanhante trabalha menos do que Vice-Presidente da República.
Pouco antes de partirmos para a casa de saúde, fomos arrumar a mala. Tudo era novo para mim. Não tinha a menor ideia de como deve se vestir um acompanhante. Ana empilhava suas camisolas, enquanto eu permanecia parado olhando — com um olhar bovino — para o armário.
— Que tal levar um calção de banho? — perguntei.
— Prum hospital?

— Nunca se sabe, pode pintar um piquenique com as enfermeiras. Acho que vou levar também minha roupa de tênis. — Ana espantou-se. — É a única roupa branca que tenho. Nos hospitais não andam todos de branco?
— E pra que a raquete?
— Que pergunta, Ana! Pra não ser confundido com um médico, claro.

No fundo, talvez quisesse me convencer de que iríamos apenas passar um meio de semana fora. Saímos. Ana, como é natural, mostrava-se apreensiva com a operação, e quando paramos na recepção do hospital a enfermeira não teve a menor dúvida sobre quem era o paciente: eu. Lívido, trêmulo, transparente, preenchendo a ficha, ainda ouvi a enfermeira perguntar a Ana se minha operação era delicada. Foi a última coisa que ouvi. Sem muito preparo para respirar aquele cheiro de hospital, desmontei no chão. Armou-se a maior confusão. Deitado num sofá da portaria, ouvia todos gritando à minha volta:

— Levem-no para o CTI — gritou um.
— Tragam uma maca. Uma maca!
— Vamos operá-lo imediatamente.
— Uma ambulância — comecei a berrar, esperneando —, chamem uma ambulância!
— Não precisa. O senhor já está num hospital.
— Por isso mesmo. Chamem uma ambulância para me tirar daqui!

A um canto, braços cruzados, Ana assistia à cena. Custei um pouco a me refazer. Subimos ao apartamento no terceiro andar onde Ana iniciaria os preparativos para a cirurgia. Entramos e estávamos por ali inspecionando o quarto — eu muito branco — quando chegou uma enfermeira e nem se deu ao trabalho de perguntar quem iria ser operado. Virou-se para mim e ordenou:

— Tire a roupa.

A ordem me apanhou de surpresa. Afinal, passei horas arrumando minha mala, não custava nada alguém me informar

que o acompanhante devia ficar nu. Contrariado, olhei firme para a enfermeira, e como não gostei do seu jeito resolvi desafiá-la:
— Tire você primeiro.
— Mas... mas eu não vou ser operada.
— Nem eu.
— Mas, então, que é que o senhor está fazendo deitado na cama do paciente?
A enfermeira obrigou-me a levantar. Como? Com dor de cabeça, falta de ar, tonto, só consegui sair carregado por ela e por Ana. As duas me botaram sentado numa cadeira de fórmica. Às 17 horas, Ana iniciou os preparativos preliminares para a operação (marcada para as 21h30m). Nesse momento, entrou uma atendente trazendo uma bandeja com alguns pratos e colocou-a na minha frente: o senhor não vai comer? Levantei a tampa: arroz, verduras, batata frita, uma coxinha de galinha.
— Não, obrigado. Já almocei.
— Isso é o jantar.
— Ah, sim, desculpe — disse conferindo o relógio. — Meu relógio parou... Estou certo que ainda são cinco horas. Que horas são, para eu acertar o meu?
— Cinco horas.
— Cinco horas? Jantar às cinco? Não, obrigado — a atendente foi saindo; chamei na porta: — Por favor, você pode me dizer a que horas servem o almoço? É que só acordo depois das oito. Talvez precise botar o despertador.
Ana deitou-se para repousar enquanto aguardava o momento de seguir para a sala de cirurgia. Passando mal, muito mal, tentei fazer o mesmo. Olhei ao redor e não vi outra cama. Será que o acompanhante, além de jantar às cinco horas, tem que dormir em pé? Ana me apontou um sofá que virava cama.
— Será que dá para você armar pra mim, Ana? Estou passando tão mal. Não me aguento em pé.

O sofá, quebrado, só abria de um lado. Acompanhante, pensei, é tratado como a mosca do cavalo do bandido. Tive que me ajeitar para caber no sofá, como uma Calói dobrável. Ficamos ali os dois deitados, em silêncio. De vez em quando, passando mal, pedia a Ana para pegar um copo de água, para fechar a cortina. Às 20h30 entraram no quarto o médico, seu auxiliar e o anestesista, todos da Aeronáutica (Ana foi operada por uma Junta Militar. Aliás, constatei que os militares são muito melhores na Medicina do que no Poder). Queriam ver como estava a paciente:

— Primeiro aqui, senhores — gritei estirado na cama.
— Aqui, por favor. Eu pedi primeiro. Estou sentindo uma fisgada aqui, com vontade de vomitar, o corpo todo me dói... Estou ficando doente aqui nesse hospital.

Os médicos me disseram que estava tudo bem. Não acreditei, é claro. Senti que queriam se descartar logo do acompanhante para examinar a paciente. Continuei ali, gemendo, sofrendo horrores, até o momento em que as enfermeiras entraram com a cama de rodinhas para levar Ana. Foi um momento dos mais dramáticos. Agarrei-me como pude na cama. As enfermeiras me empurraram e saíram com Ana. Fui me arrastando pelo corredor aos gritos:

— Socorro! Por favor, não me deixem sozinho neste quarto. Socorro!

Nem vi quando Ana voltou da sala de cirurgia. Estava completamente dopado. Passamos os dois uma noite difícil. Várias vezes fui obrigado a chamar a enfermeira para me acudir. Elas entravam no quarto e, quando viam que era para atender o acompanhante, soltavam um muxoxo e se retiravam contrariadas. Um completo desprezo. Dia seguinte, não sei o que seria de mim sem a Ana para me levar ao banheiro, para me dar remédio, para apanhar um copo de água. Felizmente, correu tudo bem. Ontem, Ana voltou para casa. Eu continuo no hospital. Devo ficar ainda por mais dois dias convalescendo da operação dela.

Por que no lugar do boi...?

Montado dia e noite em cima da máquina, desovando capítulos e mais capítulos da novela, andava completamente por fora do que se passava além das paredes do meu escritório, em casa. Anteontem ao acordar, ainda sonolento, fui à cozinha dizer à empregada o que queria comer no almoço. No meio da cozinha, Ana conversava com algumas mulheres. Cumprimentei-as, elas silenciaram por um momento e ficaram olhando pra minha cara. Com certeza, pensei, nunca viram ao vivo um autor de telenovelas. Respirei fundo, fiz uma certa pose diante dos olhares e gritei para a empregada:

— Maria, hoje você me faz para o almoço um belo filé malpassado.

Mal terminei a frase, as mulheres começaram a me vaiar.

— Que foi? Eu disse alguma coisa errada? Cometi algum erro de concordância?

Uma mulher adiantou-se do grupo e vociferou com visível irritação:

— Você tem coragem de comer um filé malpassado?

— Bem — eu não sabia o que estava se passando —, se a senhora não pode ver sangue, eu peço ao ponto.

— Você vai comer carne? — perguntou outra.

— Ahn? Por quê? Hoje é Sexta-Feira da Paixão?

A líder do movimento, então, me explicou que ninguém mais estava comprando nem comendo carne bovina.

— Estamos promovendo o boicote da carne.

— Mas logo da carne? — retruquei com ar de súplica. — Por favor, minha senhora, passei mais de 30 anos comendo carne todos os dias. Sou carnívoro, por formação e convicção... As senhoras não podem fazer isso comigo. Já criei uma dependência. Boicote da carne, não! Me chamem para boicotar o quiabo, o caviar, a alcaparra, a azeitona, mas a carne não... Eu não sou ninguém sem um filezinho todos os dias!

As mulheres me olharam duro, viraram as costas e saíram, em busca de novas adesões, sem a menor consideração por minhas súplicas. Ficamos eu, Ana e a Maria nos entreolhando por um tempo. Fui até a porta, tornei a abri-la para me certificar de que as mulheres já tinham se mandado e voltei à Ana:

— Ana, você não vai?...

— Já aderi ao boicote — respondeu-me, braços cruzados, jeito autoritário.

Claro, por que não pensei nisso? Para Ana, era fácil aderir ao boicote. Ela não come carne há mais de 10 anos. Vive metida com esses chás e esses matos e essas coisas estranhas da cozinha macrobiótica.

— Quero ver o dia em que resolverem boicotar o arroz integral! Quero ver se você vai entrar nesse... Se você não comprar mais carne vou iniciar uma campanha pra boicotar o chá de artemísia. Você vai ver!

— Ninguém vai comprar mais carne nessa casa!

— Ana! Você não pode fazer isso. Pense nos açougueiros. Isso vai gerar desempregos, um problema social... Pense na frustração do rebanho bovino! O grande sonho de todas as vacas e bois é terminar na mesa dos animais racionais.

Ana deixou a cozinha em passo marcial.

— Maria, não liga pra dona Ana, não... Vamos fazer um filezinho, com molho de cebola e farofa de ovo.

— Se o senhor quiser, eu faço o molho de cebola e a farofa de ovo. O filé não. Também aderi ao boicote! — e deixou a cozinha pra arrumar os quartos.

— Ah, é? — pensei desafiador. Vocês não estão falando com qualquer um não! Eu sou um autor de novela. E se sou capaz de fazer 150 capítulos, posso tranquilamente fazer um filé com farofa. Fui à geladeira, peguei a carne — não sem antes verificar se havia alguma boicoteira me sacando —, coloquei-a em cima da pia, meti a mão numa faca e zapt! Cortei o dedo. Meti o peso da carne debaixo do braço e bati no vizinho.

— Será que a senhora podia cortar essa carne aqui pra mim?

— Carne? — A vizinha reagiu como se eu fosse Bokassa, levando um pedaço de carne humana: fechou a porta na minha cara.

Liguei pro porteiro, pelo telefone interno.

— Ô, Assunção, você tem ideia de como se tira um bife de um pedaço de carne?

— Se o senhor tivesse me perguntado há 20 anos, eu saberia. Agora já esqueci. Desde 1960 que eu não tenho dinheiro pra comprar carne.

A solução, pensei, é cozinhar a carne inteira e depois tirar os pedaços, como a gente faz com a carne assada. Peguei a carne, botei debaixo do braço e fui ao vizinho.

— Será que a senhora podia me emprestar o seu fogão para?...

— Sinto muito, mas a nossa conta de gás já está muito alta.

— Eu racho... Eu racho com a senhora. Por favor minha senhora, eu não quero o fogão. Só uma boca, uma boquinha, a menor que a senhora tiver.

A vizinha me deixou entrar.

— O senhor quer cozinhar o quê?

— Bem, é só um pedacinho de carne...

— Carne??? — ela deu um salto. — Bovina? Ponha-se daqui pra fora!

Decidi resolver o problema na rua. Embrulhei bem a carne, passei um papel de presente por cima, uma fitinha e coloquei-a dentro de uma sacola da Fiorucci. Sim, porque os tempos não estão muito bons pra sair por aí exibindo um quilo de filé. Antes dessa iniciativa, devo confessar que cheguei a comprar um fogareiro a querosene e me tranquei no escritório pra tentar cozinhar a carne. Como não sou gaúcho e nunca fui escoteiro, reconheço que a experiência não resultou satisfatória. Na terceira tentativa, Ana batia na porta do escritório.

— Tô sentindo um cheiro de carne aí dentro!
— Não é nada não, Ana, eu me queimei com cigarro.

Desisti depois que incendiei o 40º e o 41º capítulos. Fui à luta na rua. Quem pode cortar essa carne pra mim? Achei que o açougue deveria estar bloqueado pelas boicoteiras. Dirigi-me a um sapateiro no Largo do Machado.

— Que é que o senhor deseja? — abri o peso de carne em cima do balcão. — Não botamos salto em carne.
— Não, não. O senhor não entendeu direito. O senhor não tem aí aquele instrumento de cortar couro? Eu queria que o senhor me cortasse aqui uns bifes...
— Sola?
— Não. Malpassado.

O sapateiro disse que só sabia cortar bife solado. Agradeci, tornei a embrulhar a carne e fiquei vagando pelo Largo do Machado sem saber o que fazer. Resolvi passar na porta do açougue pra ver o movimento. Pra minha surpresa, o açougue estava vazio. Olhei prum lado, olhei pro outro, como não havia ninguém dei um salto pra dentro do açougue. Debrucei-me no balcão e quando, cheio de temores, desembrulhei a carne, me vi de repente cercado por umas 20 boicoteiras.

— Que é que o senhor deseja? — perguntou o açougueiro.
— Que é que eu desejo? — gritei diante das boicoteiras.
— O senhor ainda tem coragem de me perguntar o que eu desejo? Eu vim devolver essa carne maldita!

A idade da pedra

A juventude parece ter descoberto algo de que sempre desconfiei: a vida é um recreio. Como disse uma gatinha de 17 anos entrevistada por um semanário, "só há duas coisas na vida: som e patins". Sendo assim, a juventude Zona Sul vai em frente exibindo o seu invejável realce existencial. "O mundo seria muito mais saudável", afirma outra gatinha, "se os nossos governantes andassem de tênis e camiseta". Infelizmente, porém, a terra dos adultos continua sendo aquela coisa árida, sinistra e plúmbea. E é nesta praia que a garotada vai acabar desembarcando quando terminar a pilha da juventude. Tenho certeza de que esse é o momento mais difícil na vida de um jovem de hoje: atravessar a fronteira da juventude para a idade adulta, duas terras que nunca estiveram tão distantes. Sei que a experiência é traumatizante porque tenho um amigo que a viveu com seu filho de 20 anos. O garotão, Otávio, tinha trancado matrícula na faculdade havia dois anos e não queria nem saber: vivia na dele, curtindo adoidado um rock, praia, *windsurf*, patinação, gatinha, invariavelmente metido dentro do uniforme oficial dos gatões, jeans, camisetas e tênis. O mundo para ele era do tamanho de uma lantejoula. No dia em que fez 21 anos, o pai o chamou para uma conversa.

— Escuta, filho, nós precisamos conversar.

O garotão deslizava na sala de um lado para o outro experimentando seus novos patins. Nem era com ele.

— Escuta, filho — repetia o pai, falando como se assistisse a um jogo de tênis: cabeça pra lá, cabeça pra cá —, nós precisamos ter uma conversinha. Você afinal está fazendo 21 anos e...

Otávio continuava patinando como se estivesse sozinho na sala.

— Filho, eu já estou ficando tonto. Quer fazer o favor de...

O garotão parou a um canto, fechou os olhos e começou a se contorcer, como se acompanhasse alguma música. O pai olhou à volta, apurou o ouvido e não escutou nada. A mulher entrou na sala.

— Cristina, ou o teu filho tá maluco ou eu tô ficando surdo. Olha só o jeitão dele...

A mãe foi ao filho, determinada, e tirou-lhe o *headphone* dos ouvidos.

— Tatá, escuta o seu pai que ele tem uma coisa muito importante para lhe dizer.

O garotão deu um muxoxo e fez uma expressão de "que saco!".

— Escuta, filho, eu não sei como lhe dizer... você está fazendo 21 anos... sei que é duro mas... mas a vida é assim mesmo e...

— Desembucha logo, coroa. Qualé? Hiii...

— O que quero lhe dizer, meu filho, é que agora... agora você já é um... como direi?... um adulto!

A face de Otávio se contraiu como se tivesse recebido a pior notícia do mundo. Seus lábios ficaram brancos, os olhos arregalaram. Botou as mãos na cabeça e caiu num pranto convulso.

— Não! Não! — berrava. — Um adulto, não! Eu não quero ser adulto. Eu não quero! Mamãe, eu não quero.

Correu para os braços da mãe e começou a chorar em seu ombro.

— Eu lhe disse, Alfredo — resmungou a mãe acariciando o filho soluçante. — Você tinha que dar a notícia com cuidado... você traumatizou o garoto.

— Algum dia ele teria que saber, Cristina.
— Mas não é assim. Você tinha que ir preparando o garoto aos poucos. Você pensa que é fácil para um jovem que vê o mundo de um ringue de patinação, de cima de uma prancha de *windsurf*, de repente ouvir que já é um adulto? Saber que vai ter de votar? Preencher declaração de Imposto de Renda? Trabalhar? É duro, Alfredo, é duro...
— Mãe, eu não quero — disse Otávio enxugando as lágrimas —, eu ainda não tô preparado para ser um adulto... deixa eu ficar mais uns cinco anos com a minha juventude... aos 26 eu prometo que serei um adulto... juro que serei um adulto... e dos bons.
O pai foi inflexível.
— Não, filho. Você tem que conhecer o outro lado da vida... A vida não é só som e patins. Eu arranjei um emprego.
— Um emprego? Mas pra quê, pai? Você ainda está trabalhando... Você ainda goza de boa saúde. Nós temos sido tão felizes assim: você e mamãe trabalhando e eu me divertindo. Alguém precisa se divertir nessa casa.
— Sinto muito, filho, mas não vou ficar sustentando um marmanjo de 21 anos.
— Por que não? — esbravejou o garotão. — Você me botou no mundo. Eu não tive escolha. Agora guenta. Além do mais, você devia se sentir orgulhoso de financiar a minha vida: sou o melhor patinador que tem no Roller.
O pai, um economista influente, disse que ele iria trabalhar no gabinete da presidência da Petrobrás. Acrescentou que começaria hoje no trabalho, portanto deveria tirar o calção e vestir uma roupa para se apresentar ao chefe do gabinete. Otávio, sem conseguir esconder o pânico por ter virado adulto, foi ao quarto e voltou de jeans, camiseta e um tênis todo sujo.
— É assim que você tá pensando em se apresentar na Petrobrás?
— Por que não? Vou assim a todos os lugares. Nunca usei outra roupa.

— Escuta, filho — disse o pai tentando manter a calma —, você ia assim a todos os lugares quando era jovem. Agora você é um adulto...

— Não precisa me lembrar isso toda hora, pai — respondeu Otávio ameaçando chorar novamente.

— O mundo dos adultos é diferente — prosseguiu o pai explicativo. — Para você poder entrar, ele exige traje passeio completo. Vai lá dentro e bota o terno que sua mãe comprou.

— Mas eu nunca botei um terno... Por quê? Por que tem que ser de terno? Eu não entendo... por quê?

— Porque é assim que os adultos andam, filho. Os adultos são pessoas sérias, honestas, incorruptíveis, democráticas, pacifistas... devem usar roupas adequadas...

— Ou será que os adultos usam essas roupas exatamente para dar a impressão de que eles são tudo aquilo que não são?

— Vai, vai, filho. Depois nós conversamos sobre isso. Vamos ter muito que conversar. Você é um recém-chegado no mundo dos adultos. Está confuso, ainda tem muito que aprender. Vá botar o terno.

O garotão foi ao quarto e voltou com a camisa de colarinho para fora da calça, peito aberto, o paletó enrolado na cintura, sem meia, ainda de tênis. Parou diante do pai.

— Tá bom, pai?

— Escuta, filho, eu sei que você nunca botou um terno na vida. Sei que não é fácil... é o seu primeiro dia como adulto. Mas... não é bem assim.

Explicou ao filho, que foi novamente ao quarto e voltou com a camisa pra dentro da calça, o paletó no lugar, todo arrumadinho, mas sem gravata e de tênis. O pai chiou!

— Que que tem eu ir de tênis?

— Você sabe como são os adultos, filho. Eles reparam em tudo... e não gostam de tênis para usar com paletó e gravata.

— Mas por quê, pai? Por quê? Você me explica como é esse mundo dos adultos que não tô entendendo nada.

— Filho, não adianta ficar me fazendo perguntas. Quando virei adulto o mundo já era assim. Dê um tempo, filho...

Com o tempo você vai continuar sem entender, mas já não vai se importar mais. Vá calçar os sapatos sociais que sua mãe comprou.

Otávio foi e voltou andando todo desajeitado como se tivesse aprendendo a equilibrar-se nos patins.

— Que coisa horrível esse negócio de sapato, pai. Parece mais um instrumento de tortura. Tá bom agora?

— Quase. Só falta você calçar as meias, desenrolar a gravata da testa e colocar no pescoço.

Novamente o filho foi e voltou. Finalmente estava tudo no seu lugar, apesar de o garotão andar todo torto.

— Excelente, filho. Agora estou orgulhoso de você, você tá com cara de adulto. Pode ir para o seu trabalho... e boa sorte.

O garotão saiu caminhando todo duro. O pai foi ao seu quarto, calçou um tênis, uma camiseta, um jeans, pegou os patins de Otávio e foi saindo de mansinho. A mulher flagrou-o da porta da cozinha.

— Que é isso, Alfredo? Aonde é que você vai assim?

— Cristina, alguém precisa se divertir nessa casa.

O massacre da peruca

Meu amigo Miguel usa peruca, uma meia peruca a cobrir-lhe a clareira aberta no cocuruto. No início, quando a calva começou a se manifestar, Miguel usava uma peruca triangular. As perucas são como os balões de festas juninas: têm os mais diferentes formatos. Um dia fui visitar Miguel e cruzei com uma mulher saindo do apartamento. Nada demais: Miguel é um mulherengo profissional. Meu espanto surgiu no momento em que conversávamos à porta do banheiro (ele fazia a barba): olhei para sua cama e me deparei com um triângulo peludo descansando sobre o lençol. Não resisti à pergunta:

— Essa moça que acabou de sair... não esqueceu nada?

Miguel, hoje, está de peruca nova. À medida que o tempo e as intempéries devastam suas terras altas, ele, na impossibilidade de um reflorestamento, vai ampliando o tamanho da peruca. A atual lembra uma cuia, e foi com ela que Miguel viajou para passar o feriadão num hotel-fazenda na serra, ao lado da nova namorada. A namorada sabia da existência da peruca (ele faz questão de apresentá-la às namoradas).

Não escondeu, porém, sua perplexidade quando na recepção do hotel, ao chegarem, Miguel tirou seu boné de golfista para cumprimentar as pessoas e a peruca veio junto. Uma cena nada confortável. Os fios de cabelo natural com que Miguel camuflava o aplique arrepiaram e todos ali dirigiram um olhar incrédulo para aquela coisa. A namorada afastou-se, morta de vergonha, enquanto Miguel procurava disfarçar:

— Que engraçado! Alguém esqueceu uma peruca dentro deste chapéu.

Não se pode dizer que foi uma chegada triunfal. Miguel e a namorada instalaram-se, escolheram o lado da cama e um friozinho no cocuruto lembrou a meu amigo a necessidade de recolocar a peruca. Estava no banheiro, praguejando contra o fabricante, quando ouviu os primeiros berros da namorada. Qualquer um diria que ela estava sendo esquartejada sem anestesia. Miguel abriu a porta do banheiro num salto e encontrou a moça histérica pulando em cima da cama.

— Uma barata! Uma barata enorme! — berrava ela.

— Onde? Onde? — Miguel perguntou, empunhando a peruca como se fosse uma clava ou um chinelo.

Ela apontou e Miguel, ao ver a barata — acreditem —, tratou de subir na cama. Meu amigo é capaz de encarar um leão, mas não o convoquem para enfrentar uma barata. A essa altura, o quarto estava sendo invadido por outros hóspedes, empregados, o gerente do hotel, todos atraídos pelos gritos.

— Que houve? Que aconteceu?

— Uma barata! Um baratão imenso! — dizia Miguel em pânico, escondido atrás da namorada.

O inseto, sem entender a razão da algazarra, escalou a parede e recolheu-se a um canto do teto.

— Temos que tirá-la de cima — um hóspede, alto e gordo, tomava a iniciativa das ações com a decisão de um marechal de campo. Virou-se para Miguel e pediu: — Me dá isso aqui!

— Minha peruca não! — reagiu Miguel.

— Vamos — insistiu o hóspede alto e gordo — é só para derrubá-la.

— Atirem um sapato — sugeriu Miguel.

— Sapato não! — foi a vez do gerente reagir. — Vai me sujar a parede que acabei de pintar. Que é que custa emprestar sua peruca? Quando a barata cair, a gente pisa.

Miguel ainda relutou, mas seu medo de barata é maior

do que o amor à peruca. O hóspede alto e gordo fez um bolinho da peruca (com visível repugnância), fez pontaria e atirou-a contra o teto. A barata, como que desconfiando da intenção daquela gente, desceu junto com a peruca. Miguel ainda gritou para que desapartassem as duas, mas era tarde demais: mal a peruca começou a andar pelo quarto, ainda zonza da queda, as solas das botas e sapatos caíram sobre ela, furiosas. Um massacre: a peruca estalou e estrebuchou num espasmo final. Os hóspedes bateram em retirada, expressão de vitória, e a mulher do alto e gordo indagou do gerente se havia baratas no hotel. Ora, é como perguntar ao dono do restaurante se a comida está boa.

— Aqui? Nunca houve. Ela deve ter chegado com o hóspede.

E, depois de uma pausa, concluiu cheio de sabedoria:

— Baratas adoram perucas.

O outro

Minha amiga Ângela veio me procurar para falar do que ela chamou de sua "mais grave crise conjugal". Ângela e Otávio estão atravessando o sétimo ano de vida em comum, um tempo crítico, segundo os americanos, para a sobrevivência do casamento. Antes mesmo de sentar-se, foi dizendo:

— Acho que nós vamos nos separar!

Tentei tranquilizá-la, esperei que sentasse, ofereci um chá e perguntei o que estava acontecendo.

— Otávio me deu um ultimato — e engrossou a voz, imitando o marido: — Ou eu ou ele!

A questão parecia delicada. As histórias de amor tornam-se explosivas toda vez que surge um terceiro personagem. Não pude esconder o ar de espanto. Eu e Ângela somos amigos há anos. Depois que se casou, nunca soube que tivesse sequer a intenção de se envolver numa aventura extraconjugal. Sempre foi tida como uma mulher inteiramente voltada para o lar e o marido. Enfim, as pessoas estão em permanente estado de transformação. Procurei por maiores informações.

— Você está há quanto tempo com ele? — perguntei, referindo-me ao outro.

— Tem uns 10 meses!

— E só agora Otávio tomou conhecimento?

— Ele sempre soube — disse ela, dando de ombros.

Ângela realmente tornara-se uma mulher surpreendente. Dei-me um tempo para recuperar o fôlego, e manifestei minha incompreensão.

— Não entendo, Ângela. Se vocês já estão juntos há quase um ano e Otávio sempre soube, por que demorou tanto para dar o ultimato? — e concluí com uma brincadeira, procurando desanuviar o ambiente: — Não vai me dizer que você foi sugerir ao Otávio que morassem os três juntos?
— Nós moramos juntos!
Sua resposta bateu-me como um direto na boca do estômago: caí sentado no sofá. A cada frase de Ângela eu entendia que a crise era muito mais grave do que poderia parecer a princípio. Já ouvi falar de alguns casos de "casamento aberto", mas, na minha opinião, Ângela estava indo longe demais.
— Deve ser muito difícil para o Otávio segurar essa barra.
— Mas foi ele quem me deu força...
Os homens são sempre assim, pensei (pensei mas não disse), quando estão apaixonados são capazes de assinar qualquer contrato de casamento. Mostram-se liberais, arejados. Quando, porém, a teoria começa a caminhar para a prática, revelam-se uns trogloditas convencionais.
— Os homens não aguentam, Ângela... Não quero me meter no seu casamento, mas duas pessoas morando juntas já é difícil, que dirá três!
Ângela então me lançou uma pergunta que quase me prostrou no tapete:
— Ele não pode ficar morando com você?
— Comigo? — dei um salto do sofá. — Nem pensar, Ângela! Já imaginou se o Otávio descobre? Além do mais não faz o meu gênero...
— Ele é um charme. Olha só! — Ângela tirou uma foto da bolsa e me mostrou: ela e Otávio sorrindo para a câmera.
— Só estou vendo vocês dois.
— Olha o Vladimir aqui! — disse ela, descendo o dedo na foto.
— Você quer me dizer que ELE é um cachorro?
— Não é uma gracinha? — emendou Ângela, explicando que a crise conjugal começou no dia em que seu cão (husk siberiano) passou a arreganhar suas presas para o

marido. Toda vez que Otávio ameaça se aproximar de Ângela, o cachorro começa a rosnar. Dentro de casa, enquanto Vladimir está solto, os dois são obrigados a se falarem à distância.

— Acho que é um caso para ultimato mesmo, Ângela — disse eu, reprocessando toda a história na cabeça.

Ela tornou a perguntar se eu não poderia ficar com Vladimir. Disse-lhe que a única solução seria levá-lo para minha casa em Friburgo. Ângela atirou-se no meu pescoço, agradecida. "De qualquer forma", ressalvou, "vou ter mais um papo com Otávio para tentar demovê-lo dessa intransigência canina". E fez uma longa declaração de amor a Vladimir.

Ontem, Ângela me telefonou cheia de alegria anunciando que, depois da conversa com Otávio, ela decidira dar um tempo. Só não me esclareceu se estava dando um tempo para o marido ou para o cachorro.

A informação veste hoje
o homem de amanhã

Pelé tinha toda razão ao pedir pelos microfones — no dia em que marcou seu milésimo gol — que se cuidasse mais das criancinhas. Realmente é necessário mais cuidado com elas. Eu conheço muita criancinha que já anda lendo a *Playboy*.

Não, meus caros, as criancinhas não são mais aquelas. Estão perdendo rapidamente a infância. E a prosseguir nesse ritmo, daqui a pouco com cinco anos já serão adolescentes. Há pouco tempo, remexendo o passado, dei de cara com um pião, velho companheiro de brincadeiras de rua. Sem saber o que fazer com ele resolvi dar de presente para o filho do porteiro. O garoto pegou-o, examinando-o sem muita animação e me perguntou insensível:

— O que é que é isso?

Seu pai que se aproximava respondeu: um pião. E esquecendo-se por um momento de suas funções na portaria apanhou o brinquedo, agachou-se e numa animação quase infantil ficou tentando soltá-lo. O filho, em pé, ao seu lado, olhou-o fixo, virou-se para mim e assumindo um ar crítico comentou:

— Olha aí — disse apontando para o pai abaixado —, parece um débil mental.

Segundo os educadores, as mudanças decorrem do fato de as crianças da década crescerem muito bem informadi-

nhas. Um jornal publicou uma matéria baseada em pesquisa realizada entre crianças de 3 a 15 anos (se é que hoje ainda se pode chamar um cidadão de 15 anos de criança) cujo título era: "Como se está fazendo o homem de amanhã". Eu particularmente creio que o homem de amanhã continua sendo feito com os mesmos ingredientes com que se fazia o homem de ontem, ou seja: um homem e uma mulher, que devem ser temperados com uma pitadinha de amor antes de levados ao forno. Mas não é isso que interessa. Num determinado trecho, a reportagem dizia: "O menino André Luís, de quatro anos, viu pela TV a chegada do homem à Lua. Achou o fato natural, pois estava informado sobre os preparativos e podia descrever perfeitamente o módulo lunar. Sabia de cor o nome dos astronautas e discutia sobre as possibilidades de o homem chegar a Marte". Os senhores estão sentindo o drama? André Luís sabia mais sobre o espaço do que qualquer datilógrafo da NASA.

A pesquisa revela também que as novas crianças preferem novelas e outros tipos de programas aos feitos especificamente para a classe. Outro dia fui à casa do vizinho pedir gelo, e ao chegar assisti à maior discussão entre ele e o filho de cinco anos diante da televisão. Meu vizinho querendo desenhos animados e seu filho interessado no *National Geographic*.

Antigamente os campos estavam bem definidos: as crianças de um lado e os adultos do outro. Agora não há mais fronteiras. As crianças invadiram e tomam de assalto o mundo dos adultos. Eu me lembro do dia em que, com quatro ou cinco anos, meu pai me levou ao Jóquei Clube. Paramos ali junto ao padoque e pela primeira vez vi um cavalo de perto. Excitado com a novidade, depois de um esforço — se vocês me permitem: cavalar —, o máximo que consegui perguntar a meu pai era o que o cavalo comia. Pois bem, ontem voltei com meu sobrinho de seis anos ao hipódromo. Recostamos no padoque perto de um cavalo castanho e eu me recordei da cena com meu pai. Imaginando que o garoto poderia me fazer a mesma pergunta, antecipei-me com um certo orgulho e fui logo lhe informando que "o cavalo come aveia, alfafa e cenoura". Quando acabei de falar, o menino me lançou um olhar enfastiado e disse:

— O que o cavalo come eu já sei, tio. Agora eu estou interessado em saber é quanto ele vai pagar na ponta.

A cadeira do dentista

Fazia dois anos que não me sentava numa cadeira de dentista. Não que meus dentes estivessem por todo esse tempo sem reclamar um tratamento. Cheguei a marcar várias consultas, mas começava a suar frio folheando velhas revistas na antessala e me escafedia antes de ser atendido. Na única ocasião em que botei o pé no gabinete do odontólogo — tem uns seis meses —, quando ele me informou o preço do serviço, a dor transferiu-se do dente para o bolso.

— Não quero uma dentadura em ouro com incrustações em rubis e esmeraldas — esclareci —, só preciso tratar o canal.

— É esse o preço de um tratamento de canal!

— Tem certeza? O senhor não estará confundindo o meu canal com o do Panamá?

Adiei o tratamento. Tenho pavor de dentista. O mundo avançou nos últimos 30 anos, mas a Odontologia permanece uma atividade medieval. Para mim não faz diferença um "pau de arara" ou uma cadeira de dentista: é tudo instrumento de tortura.

Desta vez, porém, não tive como escapar. Os dentes do lado esquerdo já tinham se transformado em meros figurantes dentro da boca. Ao estourar o pré-molar do lado direito, fiquei restrito à linha de frente para mastigar maminhas e picanhas. Experiência que poderia ter dado certo, caso tivesse algum jeito para esquilo.

A enfermeira convocou-me na sala de espera. Acompanhei-a, após o sinal da cruz, e entramos os dois no gabinete do dentista, que, como personagem principal, só aparece depois do circo armado.

— Sente-se — disse ela, apontando para a cadeira.

— Sente-se a senhora — respondi com educada reverência —, ainda sou do tempo em que os cavalheiros ofereciam seus lugares às damas.

Minhas pernas tremiam. Ela tornou a apontar para a cadeira.

— O senhor é o paciente!

— Eu?? A senhora não quer aproveitar? Fazer uma obturaçãozinha, limpeza de tártaro? Fique à vontade. Sou muito paciente. Posso esperar aqui no banquinho.

O dentista surgiu com aquele ar triunfal de quem jamais teve cárie. Ah! Como adoraria vê-lo sentado na própria cadeira extraindo um siso incluso! Mal me acomodei e ele já estava curvado sobre a cadeira, empunhando dois miseráveis ferrinhos, louco para entrar em ação. Nem uma palavra de estímulo ou reconforto. Foi logo ordenando:

— Abra a boca.

Tentei, mas a boca não obedeceu aos meus comandos.

— Não vai doer nada!

— Todos dizem a mesma coisa — reagi. — Não acredito mais em vocês!

— Abra a boca! — insistiu ele. Abri a boca. Numa cadeira de dentista sinto-me tão frágil quanto um recruta diante do sargento do batalhão.

Ele enfiou um monte de coisas na minha boca e tocou o dente com um gancho.

— Tá doendo?

— Urgh argh hogli hugli.

Os dentistas são tipos curiosos. Enchem a boca da gente de algodão, plástico, secadores, ferros e depois desandam a fazer perguntas. Não sou daqueles que conseguem responder apenas movendo a cabeça. Para mim, a dor tem nuances, gradações que vão além dos limites de um sim-não.

— A anestesia vai impedir a dor — disse ele, armado com uma seringa.

— E eu vou impedir a anestesia — respondi duro segurando firme no seu pulso.

Ele fez pressão para alcançar minha pobre gengiva. Permaneci segurando seu pulso. Ele apoiou o joelho no meu baixo ventre. Continuei resistindo, em posição defensiva. Ele subiu em cima de mim. Miserável! Gemi quase sem forças. Ele afastou a mão que agarrava seu pulso e desceu com a seringa. Lembrei-me de Indiana Jones e, num gesto rápido, desviei a cabeça. A agulha penetrou na poltrona. Peguei o esguichador de água e lancei-lhe um jato no rosto. Ele voltou com a seringa.

— Não pense que o senhor vai me anestesiar como anestesia qualquer um — disse, dando-lhe um tapa na mão.

A seringa voou longe e escorregou pelo assoalho. Corremos os dois para alcançá-la, caímos no chão, embolados, esticando os braços para ver quem pegava a seringa. Tapei-lhe o rosto com meu babador e cheguei antes. A situação se invertera: eu estava por cima.

— Agora sou eu quem dá as ordens — vociferei, rangendo os dentes. — Abra a boca!

— Mas... não há nada de errado com meus dentes.

— A mim você não engana. Todo mundo tem problemas dentários. Por que só você iria ficar de fora? Vamos, abra essa boca!

— Não, não, não. Por favor — implorou. — Morro de medo de anestesia.

Era o que eu suspeitava. É fácil ser corajoso com a boca dos outros. Quero ver continuar dentista é na hora de abrir a própria boca. Levantei-me, joguei a seringa para o lado e disse-lhe, cheio de desprezo:

— Você não passa de um paciente!

A falta de senso do censo

Não foi fácil, irmãos. Não foi nada fácil realizar o censo escolar que terminou ontem e mobilizou 8.850 professoras, que percorreram 1.283.391 domicílios espalhados por todo o Rio, atrás de 2 milhões e 200 mil menores, cujas idades variavam entre 2 e 18 anos. A tarefa só não foi mais ingrata — diga-se de passagem — porque os recenseadores deixaram de lado os menores que residiam em domicílio ignorado. Quer dizer, o censo também abandonou os menores abandonados. O que, positivamente, não foi uma medida de bom-senso.

Para começar, o momento escolhido pela Secretaria de Educação para executar o censo não foi dos mais oportunos. Numa época em que as famílias ainda se debatem para pegar um jacaré na onda de sequestros, que provocou a maior ressaca na cidade, é muito natural que as recenseadoras tenham encontrado todo tipo de resistência para entrar em quase todo tipo de residência. Os porteiros cansaram de barrar as recenseadoras na entrada dos prédios. Uma situação muito desagradável. Lembro-me dos tempos em que eu frequentava os bailes de formatura e os porteiros me barravam na porta. Somente uma vez consegui entrar: ainda assim porque convenci o porteiro que iria fazer o censo do baile. Além dos porteiros, síndicos e moradores demonstraram a mesma má vontade. Alguns porteiros mais educados pediam desculpas, dizendo às recenseadoras que não tinham autorização para deixá-las entrar: "A senhora me perdoe, mas eu estou cumprindo ordens" — observou um porteiro no Leblon —, "não posso deixar entrar recenseador, ladrão, nem sequestrador". Na Lagoa uma recenseadora percorreu 15 edifícios seguidos sem conseguir ir além da portaria. Ao final do dia, exausta, voltou para o posto e entregou seu material. O supervisor perguntou: "Como é, recenseou as crianças?".

— Não deu. Não me deixaram passar da porta.
— E então?
— Bem, então, pra não perder a viagem, recenseei os porteiros.

A incompreensão chegou às vezes ao exagero. Em Ipanema, um porteiro ao ver uma senhora se aproximando cheia de formulário, perguntou:

— A senhora faz o quê?
— Sou recenseadora.
— Recenseadora? Então não pode entrar.
— Mas como não posso entrar? Eu moro aqui.

Nem vendedor de livro levou tanta porta pela cara. Os senhores podem reparar como quase todas as professoras que participaram do censo estão com a ponta do nariz achatada. No afã, porém, de cumprirem com o dever, as recenseadoras usaram todo tipo de artifícios. Eu mesmo vi duas pulando um muro. Uma outra teve que subir por uma corda jogada pela moradora do 201. Uma quarta tentou saltar uma janela e, apanhada em flagrante, teve a maior dificuldade em explicar que era uma recenseadora e a única coisa que tinha em comum com uma sequestradora era a rima. No edifício de Juvenal Ouriço a recenseadora passou pelo porteiro com uma trouxa na cabeça, disfarçada em lavadeira. Bateu à porta do apartamento 483 (são 85 apartamentos por andar). Juvenal saltou rápido da cadeira com o rifle em punho, aproximou-se da porta e gritou: "quem é?".

— É a recenseadora.
— Recém o quê?
— Recenseadora.

Juvenal perguntou: o nome e o endereço, o estado civil, idade, firma em que trabalha, CPF. E foi fazendo uma tal quantidade de perguntas, que a um determinado momento a moça, do outro lado da porta, não aguentou e perguntou: "O senhor também está trabalhando no censo?".

No apartamento ao lado, o morador, conhecido pelo seu profundo mau humor, perguntou, também através da porta, quem era.

— É do censo.
— Que senso? O senso comum?
— Não. Do censo escolar.
— Não estou interessado. Já terminei o curso. Quanto aos meus filhos, não são nada sensatos. Até logo. Passe bem.
— Mas — insistiu a moça —, isso que o senhor está fazendo é um contrassenso.

O preenchimento do formulário, ainda que um pouco mais simples do que o do imposto de renda, causava alguns embaraços, sobretudo nas famílias mais pobres. Numa casa perto do Rio Meriti, a mãe disse que o garoto não ia mais à escola. A recenseadora, obedecendo ao formulário, perguntou: "e quando ia, qual o tipo de transporte que utilizava: a) a pé, b) ônibus, c) trem, d) carro, e) bicicleta, f) lancha, g) outro".

— Ia de outro.
— E qual é o outro?
— Ia a nado.
— E ele chegou a frequentar algum curso?
— Frequentou.
— Qual?
— O curso do rio.

Não foram porém os porteiros, síndicos e moradores — quase todos na Zona Sul — que dificultaram o trabalho do censo. Mais problemas do que os três juntos causou o Guia Rex, um guia com mapas da cidade completamente desatualizado. Assim era muito comum a recenseadora procurar um barraco e encontrar um gigantesco conjunto habitacional, procurar uma favela e encontrar três, procurar uma rua e só encontrar a placa. Isso sem falar nas ruas que não estão no mapa.

— Por favor — indagou a recenseadora meio perdida a um funcionário da telefônica trepado num poste —, o senhor pode me informar onde fica a Rua Borba Gato?
— Ela fica por aqui.
— E o senhor não sabe onde posso encontrá-la agora?
— Não sei, não, senhora. Só sei que ela desapareceu há uns dois anos.
— A rua toda?
— Todinha. Mas não disse pra onde ia.

O funcionário aconselhou a recenseadora a perguntar "àquele operário ali do metrô". A recenseadora caminhou até o operário e perguntou: "o senhor sabe onde está a Rua Borba Gato?".
— Sei, sim senhora. Está aqui dentro desse buraco.

Diante desses imprevistos, o trabalho, principalmente nos morros, era muito moroso. Ou, como se tratava de morros: muito morroso. Subindo e descendo morros, caminhando por favelas nunca dantes visitadas, as recenseadoras fizeram descobertas extraordinárias: descobriram várias ruas que trocaram de nome, descobriram inúmeros conjuntos habitacionais, descobriram no morro do Alemão — na região da XI DEC — uma estranha civilização que vivia há anos, sem ninguém saber, dentro de 10 mil barracos, descobriram petróleo, descobriram um caminho marítimo para Belo Horizonte, descobriram uma ossada que os mais afoitos já afirmam ser de um primo do homem de Cro-Magnon. No morro do Tuiuti descobriram uma família que pegou o formulário e, ao invés de preencherem, comeram-no. Na Favela da Barreira do Vasco — uma barreira malfeita, por sinal — a recenseadora entrou num barraco, encontrou um casal e perguntou: "os senhores têm filhos?".
— Dois.
— Ótimo. Onde estão?
— Estão trabalhando.
— Já se formaram?
— Estão se formando.

— Em quê?
— Em comércio.
— E onde posso encontrá-los agora?
— Bem, um deles está na esquina da Princesa Isabel com N. S. de Copacabana e o outro na entrada do túnel Rebouças.
— E tem escolas ali?
— Não. Tem sinal. Um vende amendoim e o outro pastilha de hortelã.

Com pouco tempo para trabalhar e tropeçando em dezenas de imprevistos, as recenseadoras não puderam fazer um serviço perfeito. Lá em casa, por exemplo, não passou nenhuma recenseadora. O que causou um profundo abatimento no meu garoto. De todos os seus coleguinhas só ele não foi recenseado. Também, aviso logo, que se o menino crescer cheio de traumas por causa disso vou colocá-lo num analista e mandar a conta para a Secretaria de Educação. No dia em que soube que a recenseadora estava pela rua, cheguei em casa, mandei a mulher preparar um bolo, fazer café, botar a toalha nova na mesa, e, para causar boa impressão, vestimos o menino com a sua melhor roupa. Sentamos à mesa e ficamos aguardando. Aguardamos durante três dias. No fim do terceiro dia, como já era de se esperar, o garoto abriu o berreiro:

— Eu quero a moça do censo, eu quero a moça do censo.
— Tenha calma, meu filho — disse a mãe —, ela já vem.
— Não vem não, você está mentindo — respondeu choramingando. — Há três dias que estamos esperando. Ela não vem.
— Não chore, meu filho. Se ela não vier eu vou chamar o Papai Noel para vir no lugar dela.
— Não quero — falou malcriado. — Papai Noel em setembro não me interessa. Além do mais, Papai Noel não faz censo. E eu quero ser censurado.
— Não é censurado que se diz, meu filho.
— Como é então?
— É recenseado. Censurado aqui só o seu pai.

O rei de Noveorqui

Não deu, meus caros. Férias no Rio, com esses preços — é a cidade mais cara do mundo — só mesmo a convite da Prefeitura. Contrariado, frustrado, praguejando o tempo todo, desfiz meus sonhos, refiz minhas malas e — que jeito! — embarquei para Nova Iorque. Saiu muito mais barato e, creiam, bem mais excitante. Lá pelo menos pude ser soterrado pela neve, coisa que dificilmente conseguiria em Copacabana.

Fazia muitos anos que não pintava em Nova Iorque. Todas as vezes que ensaiava uma viagem, aparecia alguém contando que tinha sido roubado ou que teve um conhecido assaltado, um amigo esfaqueado, e eu, impressionado com os relatos de violência, acabava desistindo e indo para Caxambu ou São Lourenço. De uns tempos para cá, porém, os nossos índices de criminalidade cresceram tanto que Nova Iorque, pensei, se estiver muito violenta, empata com o Rio. Diante disso, não havia mais o que temer, ou melhor, havia, continua havendo, mas entre sentir medo aqui ou em Nova Iorque prefiro o medo de lá, que é mais úmido, mais abafado e a gente sempre pode dar a desculpa de que está tremendo de frio. Além do mais, em Nova Iorque só se tem medo dos assaltantes. Aqui, o medo é dos assaltantes e da polícia. Nova Iorque, contudo, revelou-se uma grata surpresa. Voltei com a certeza de que o pessoal aqui exagera em suas histórias sobre a violência nova-iorquina. Nas duas semanas que passamos na cidade só fomos assaltados duas vezes.

Custamos muito a sofrer o primeiro assalto. Já estávamos há 12 dias na cidade, circulando por todos os lugares — inclusive os pouco recomendáveis — e até então só tínhamos sido abordados uma vez nas ruas. Foi numa noite gélida quando passávamos pela 57. De repente vimos um cidadão, saído sei lá de onde, vindo em nossa direção. Cutuquei Ana e comecei na maior animação:

— Puxa, até que enfim. Prepare-se. Parece que vai ser agora!

O cidadão parou, olhou para um lado, para o outro e perguntou onde ficava a Rua 58. Juro: o cara na 57 perguntando onde era a 58. Nova Iorque é uma das únicas cidades do mundo onde ninguém para ninguém nas calçadas para pedir indicação de ruas porque são todas numeradas e colocadas exatamente uma atrás — ou do lado — da outra: depois da 50 vem a 51 e a 52 e a 53 e assim por diante até o final de Manhattan. E lá estava o cara me perguntando onde ficava a 58. Como não tinha jeito de débil mental achei que só poderia ser um gozador. Para não ficar pra trás, virei para o outro lado e apontei:

— Fica pra lá. Logo depois da 22. É fácil. É só você ir olhando as placas: 19, 20, 21, 22, 58... ok?

O cara agradeceu sorrindente e partiu no sentido da 56 debaixo de um frio de menos de dois graus. Suponho que hoje esteja congelado entre a 33 e a 32. Mas e o assalto? E todas aquelas histórias terríveis que nos contaram no Brasil? Vamos embora depois de amanhã, Ana, e até agora, nesta cidade de muitos milhões de habitantes, ainda não apareceu ninguém para nos assaltar. Será que nós temos cara de pobre? Ana sugeriu que fôssemos a uma agência de turismo. Repeti três vezes para a funcionária o motivo da nossa visita. Ela continuou sem entender. Duvidando do meu inglês, pedi a Ana que entrasse em campo com a sua pronúncia oxfordiana:

— Queremos saber o que devemos fazer para sermos assaltados em Nova Iorque.

A funcionária assustou-se:

— Assaltados? Vocês querem ser assaltados? Mas que absurdo! Vocês chegaram quando?
— Tem uns 12 dias.
— E ainda não foram assaltados? Não é possível. Então vocês ainda não saíram do hotel.
— Bem, nós só saímos para ir ao Bronx e ao Brooklyn, ao Harlem e passear de metrô à noite...
— Jesus! — exclamou ela saltando na cadeira. — Mas então alguma coisa está errada com vocês. Vocês passearam por esses lugares de metralhadora em punho?

A mulher tirou um prospecto da gaveta e nos mostrou os assaltos promovidos pela agência. — Temos de vários tipos: a faca, canivete, revólver, com agressão, sem contato físico, assalto em metrô, ônibus, na porta do hotel, em sinal de trânsito, no Central Park, assaltos combinados, feitos por brancos norte-americanos, porto-riquenhos, ex-combatentes do Vietnã, ucranianos, chineses, como é que vocês preferem? — Ana e eu nos entreolhamos. Eu queria um ucraniano, mas Ana deu preferência a um porto-riquenho, por causa da língua: podia surgir algum problema e ficava mais fácil nos entendermos em espanhol com o assaltante.

— Até quanto? — perguntou a funcionária.
— Uns 20 dólares no máximo.
— Muito bem, então, vocês pagam 10 agora, adiantados, e dão os outros 10 ao assaltante. O assalto será efetuado a 1h37min da madrugada, no metrô, entre a 42 e a Oitava Avenida. Podem aguardar tranquilos.
— Ele não vai se atrasar? É que nós vamos marcar um outro compromisso para depois do assalto.

Chegamos a 1h30min. A 1h37min pontualmente chegou o assaltante. Chegou e foi logo puxando um daqueles canivetes de mola com uma lâmina de meio metro de comprimento. Foi tudo muito divertido. O rapaz ensaiou uns passos de caratê, me deu uma gravata, passou o canivete na bolsa da Ana, roubou meu relógio, ameaçou nos jogar nos trilhos do metrô, agiu sempre com grande realismo. Confesso que saímos de lá na maior alegria, certos de que nossos amigos no Brasil ficariam eletrizados quando contássemos os detalhes. Ficamos tão satisfeitos que no dia seguinte fizemos questão de passar na agência para agradecer a alta qualidade do trabalho. Só então soubemos que o porto-riquenho adoecera e a agência tinha cancelado o nosso assalto.

Já o segundo assalto, inteiramente inesperado, nos pegou de surpresa. Na véspera da viagem de volta, passando às duas da manhã pela 46, tivemos nossos passos bloqueados por um vulto que saiu de trás de umas latas de lixo empunhando uma faca. Falou qualquer coisa num inglês arrevesado. Não entendemos, mas a julgar pelas suas atitudes não parecia estar dizendo que queria vender a faca. Tentei me manter frio e disse-lhe que não estava compreendendo. O vulto insistiu. Dizia coisas incompreensíveis.

— O quê? — perguntei. — Você diz que vai nos colocar a salvo?

Ele tornou a falar já meio irritado.

— Não estou entendendo — disse-lhe —, você vai dar um salto?

O vulto, impaciente, pediu um tempo, levou-nos para debaixo da luz e tirou um dicionário do bolso. Como custasse a encontrar, tentei ajudá-lo. Ficamos os dois folheando até que apontei para uma palavra e disse-lhe em bom português:

— Aqui. Veja. É assalto que você está querendo dizer?

O vulto virou-se muito espantado e perguntou:

— Você é brasileiro?

— Sou. E você?

— Eu também. Você é de onde?

— Sou do Rio e você?

— Eu sou de Bonsucesso, no interior de Minas.

— É mesmo? Eu tenho uma tia que nasceu lá.

Imediatamente criou-se um clima de confraternização não muito comum entre brasileiros que se encontram no exterior, mas se o vulto patrício estava a fim de confraternizar, não seria eu que iria evitar. Além do que ele estava com um forte argumento nas mãos. Perguntou o que nós estávamos fazendo em Nova Iorque.

— Passeando e vo... — cheguei a pensar em perguntar "e você?", depois achei melhor ficar calado e convidá-lo para um café.

Durante o café, então, o vulto nos contou sua triste história. Semelhante a de alguns milhares de brasileiros que saíram para Nova Iorque, esta grande cidade caça-níqueis, na esperança de algum dia fazerem seus 13 pontos (em Nova Iorque vivem milhares de brasileiros, sendo que a maioria — disse-me uma amiga que trabalha no Consulado — vive ilegalmente). O vulto era o quarto dos oito filhos de uma família muito pobre de Bonsucesso. Estava há nove anos em Nova Iorque, trabalhou duro em subempregos, mas há três meses não arranjava trabalho e estava passando fome. Perguntei por que não voltava.

— Não posso. A família, os amigos, a cidade, todos pensam que estou bem de vida, fazendo fortuna na América. Todas as vezes que vou ao Brasil conto um monte de mentiras. Sou recebido como um herói, as pessoas me pedem autógrafos. Sou a única pessoa da cidade que já viajou pro estrangeiro. Minha mãe está orgulhosa. Me chama de "o rei de Noveorqui".

Puxou um envelope do bolso, todo amassado. Era uma carta da mãe, endereçada ao hotel Paramount, onde o vulto trabalhou algum tempo, embora dissesse para a família que estava lá hospedado, morando na suíte de luxo. Na carta escrita naqueles garranchos de adulto semialfabetizado, a mãe dizia que não tinha gostado do prédio que o filho havia construído porque era muito alto e não tinha varanda para botar as plantas, mas, continuava ela, seu pai gostou muito e está resolvido a aceitar o apartamento que você prometeu a ele: "pode mandar as passagens".

— E que prédio é esse? — perguntei.

— O Empire State. Tô numa enrascada, rapaz. Que é que eu faço pro papai desistir de vir?

— Bem — disse depois de pensar um pouco —, talvez possa dizer que as ações da Bolsa de Nova Iorque caíram e você foi obrigado a vender o prédio.

— Ele não vai acreditar. Mês passado já fui obrigado a dizer que tinha vendido a Estátua da Liberdade.

Amarrem os cintos e não fumem

(junho, quando caiu o primeiro ônibus
do viaduto Álvares Cabral)

As estatísticas revelam que, quando cai um avião, diminui por um curto espaço de tempo a procura de passagens aéreas. E quando cai um ônibus? Bem, quando cai um ônibus não chega a ser exatamente como nas cidades europeias: o número de passageiros permanece o mesmo. E permanece o mesmo porque andar de ônibus nesta mui leal e heroica São Sebastião não chega a ser exatamente, como nas cidades europeias, uma alternativa. Andar de ônibus é o único recurso de que dispõe o cidadão que não tem recurso. No dia em que toda a população carioca estiver em condições de pegar um táxi — lá pelo ano 2784 — fiquem certos de que os ônibus carregarão apenas os seus motoristas.

Atualmente no Rio é mais arriscado andar de ônibus do que de avião. Pelo menos ainda não caiu nenhum avião este ano na cidade. Com o tumulto do trânsito, a situação tende a se agravar. E muito em breve teremos mais amigos e parentes se despedindo da gente no ponto de ônibus do que no aeroporto.

"Atenção, senhores passageiros para o Leblon, queiram apresentar-se ao poste de embarque." Me despedi rapidamente das duas tias, três primos, uma cunhada, ouvi as apressadas recomendações de minha mãe para que ficasse sempre

atento olhando pela janelinha, e antes de entrar ainda acenei dos degraus do ônibus. Instalei-me, obedecendo ao painel luminoso que dizia "aperte os cintos e não fume". Logo depois o motorista acionou os motores, fez o ônibus (sim, porque não tem sentido um ônibus fazer o táxi) no Largo da Glória, e só não levantou voo pela Rua do Catete porque os engarrafamentos não deram espaço para a decolagem.

Não tínhamos ainda nem fechado 10 carros, e o trocador veio à frente do ônibus explicando que, como iríamos passar pela orla marítima, teríamos que aprender — para qualquer emergência — a colocar o colete salva-vidas. O senhor ao meu lado ouvia atento o trocador. Pensei que talvez estivesse fazendo sua primeira viagem de ônibus.

— É verdade, para o Leblon é a primeira — e interrompido por mais uma brusca freada aproveitou para perguntar se a viagem era toda assim.

— Só nos sinais — respondi.

— E tem muitos sinais até o Leblon?

— Uns 500. Deve ter mais sinal do que rua.

À minha frente, uma senhora quis saber do trocador se estávamos no horário. "Estamos atrasados uns 15 minutos" — disse ele. "E se não pegarmos mais do que seis congestionamentos poderemos chegar ao Leblon por volta das oito horas." Para quebrar um pouco a tensão da viagem, aproveitei e perguntei à senhora o que iria fazer no Leblon.

— Vou visitar uma tia. E o senhor?

— Eu vou a negócios (e se for bem-sucedido — pensei, mas não disse — volto de táxi).

Era evidente que o meu vizinho não estava preparado para a viagem. Quando abalroamos o terceiro carro, ameaçou saltar. Levantou-se, mas ao olhar para fora percebeu que estávamos em cima do viaduto. Ficou lívido. Querendo distraí-lo, ainda comentei: "É bonita a vista daqui, não?". Ele não me ouviu. Estava preocupado com os roncos e os mais estranhos ruídos que saíam do ônibus: "Que barulho é esse?" — indagou.

— É do ônibus mesmo — disse o cidadão sentado atrás.

— Mas esse ônibus está em péssimo estado — comentou meu vizinho.

— É verdade — voltou o cidadão que gostava de frases feitas —, mas não se esqueça de que cada coletividade tem o coletivo que merece.

A viagem prosseguiu normal, ou seja: cheia de solavancos, batidas, freadas súbitas e imprudência — a curva que fizemos ao entrar na Barata Ribeiro foi de deixar envergonhada a Esquadrilha da Fumaça. Às 11 horas, então, desembarcamos no Leblon. Antes de o ônibus parar, observei pela janelinha que todos os meus parentes que moram no bairro estavam me aguardando. Me despedi do motorista, do trocador e desci à procura de um telefone.

— Um telefone para quê? — perguntou meu primo que pratica *surf*.

— Pra avisar lá em casa que cheguei vivo.

A regreção da redassão

Semana passada recebi um telefonema de uma senhora que me deixou surpreso. Pedia encarecidamente que ensinasse seu filho a escrever:
— Mas, minha senhora — desculpei-me —, eu não sou professor.
— Eu sei. Por isso mesmo. Os professores não têm conseguido muito.
— A culpa não é deles. A falha é do ensino.
— Pode ser, mas gostaria que o senhor ensinasse o menino. O senhor escreve muito bem.
— Obrigado — agradeci —, mas não acredite muito nisso. Não coloco vírgulas e nunca sei onde botar os acentos. A senhora precisa ver o trabalho que dou ao revisor.
— Não faz mal — insistiu —, o senhor vem e traz um revisor.
— Não dá, minha senhora — tornei a me desculpar —, eu não tenho o menor jeito com crianças.
— E quem falou em crianças? Meu filho tem 17 anos.
Comentei o fato com um professor, meu amigo, que me respondeu: "Você não deve se assustar, o estudante brasileiro não sabe escrever". No dia seguinte ouvi de outro educador: "O estudante brasileiro não sabe escrever". Depois li no jornal as declarações de um diretor da faculdade: "O estudante brasileiro escreve muito mal". Impressionado, saí à procura de outros educadores. Todos me disseram: acredite, o estu-

dante brasileiro não sabe escrever. Passei a observar e notei que já não se escreve mais como antigamente. Ninguém mais faz diário, ninguém escreve em portas de banheiros, em muros, em paredes. Não tenho visto nem aquelas inscrições, geralmente acompanhadas de um coração, feitas em casca de árvore. Bem, é verdade que não tenho visto nem árvore.

— Quer dizer — disse a um amigo enquanto íamos pela rua — que o estudante brasileiro não sabe escrever? Isto é ótimo para mim. Pelo menos diminui a concorrência e me garante o emprego por mais dez anos.

— Engano seu — disse ele. — A continuar assim, dentro de cinco anos você terá que mudar de profissão.

— Por quê? — espantei-me. — Quanto menos gente sabendo escrever, mais chances eu tenho de sobreviver.

— E você sabe por que essa geração não sabe escrever?

— Sei lá — dei com os ombros —, vai ver que é porque não pega direito no lápis.

— Não senhor. Não sabe escrever porque está perdendo o hábito de leitura. E quando o perder completamente, você vai escrever para quem?

Taí um dado novo que eu não havia considerado. Imediatamente pensei quais as utilidades que teria um jornal no futuro: embrulhar carne? Então vou trabalhar num açougue. Serviria para fazer barquinhos, para fazer fogueira nas arquibancadas do Maracanã, para forrar sapato furado ou para quebrar um galho em banheiro de estrada? Imaginei-me com uns textos na mão, correndo pelas ruas para oferecer às pessoas, assim como quem oferece hoje bilhete de loteria:

— Por favor amigo, leia — disse, puxando um cidadão pelo paletó.

— Não, obrigado. Não estou interessado. Nos últimos cinco anos a única coisa que leio é a bula de remédio.

— E a senhorita não quer ler? — perguntei, acompanhando os passos de uma universitária. — A senhorita vai gostar. É um texto muito curioso.

— O senhor só tem escrito? Então não quero. Por que o senhor não grava o texto? Fica mais fácil ouvi-lo no meu gravador.

— E o senhor? Não está interessado nuns textos?

— É sobre o quê? Ensina como ganhar dinheiro?

— E o senhor, vai? Leva três e paga um.

— Deixa eu ver o tamanho — pediu ele.

Assustou-se com o tamanho do texto.

— O quê? Tudo isso? O senhor está pensando que sou vagabundo? Que tenho tempo pra ler tudo isso? Não dá para resumir tudo em cinco linhas?

Só não estou muito certo quanto à perda do hábito de leitura. Para mim, os estudantes não perderam o hábito de leitura. E sabe por quê? Porque nunca o tiveram. E agora, com essa geração que cresceu sob o signo da televisão, dificilmente o hábito será implantado. A solução, me parece, é usar a própria televisão para estimular a leitura.

— Como?

— Apesar de somente três funcionarem, os aparelhos dispõem de 13 canais. Certo?

— Certo.

— Então, a partir do primeiro, estampamos uma página de livro em cada canal. À medida que o estudante for terminando, ao invés de virar a página, vira o canal.

É evidente que existe algo por trás dessa dificuldade que o estudante manifesta hoje para escrever. Vários educadores atribuem ao desinteresse do ensino pela redação. A redação sofreu nas escolas uma queda de nível acentuada. E só não foi mais acentuada porque foram retirados vários acentos da língua portuguesa. Alguns afirmam que todo o ensino da língua portuguesa é deficiente e incompleto. Nos Estados Unidos, segundo o professor Abgar Renault, de um total de quase 12 mil minutos de aulas semanais, cerca de 4.600 são dedicados ao inglês. Na União Soviética, o tempo reservado ao aprendizado do idioma vai além de um terço do total das aulas. Na França acontece o mesmo. Então aqui — disse um professor dentro da sala de aula — precisamos também aumentar o número de horas dedicadas à língua vernácula.

— Que língua é essa? — perguntou um aluno ao colega.

— Não tenho a menor ideia. Acho que é uma língua falada pelos árabes.

O Diretor do Departamento de Letras da PUC ficou impressionado, no vestibular realizado no meio do ano, com a qualidade do texto dos candidatos. Num trabalho sobre o Movimento Modernista de 1922, um dos poucos que conseguiram escrever algo legível disse: "O movimento tem como característica principal se opor às ideias medievais onde predomina a falta de fé existindo somente um movimento renascentista que tentava contornar os problemas". Nos exames, cerca de 10% dos candidatos — pasmem — não conseguiram redigir uma única linha. Quando me disseram, pensei que se tratasse de algum vestibular para curso de alfabetização. Um inspetor conhecido contou-me que no início da prova viu um candidato gordinho debruçar-se meio sem jeito sobre o papel. Agarrou o lápis e, na tentativa de escrever, foi ficando vermelho, com as veias puladas, mordendo a língua, revelando um esforço descomunal. Pensei — disse o inspetor — que fosse explodir. Depois de uma hora, já com a sua pele assumindo um tom arroxeado, deu um largo suspiro, jogou o lápis pro alto e relaxou na cadeira.

— Acabou? — perguntou o inspetor, preocupado.

— Acabei — respondeu, passando a mão na testa suada.

— Não quer entregar?

— Um momentinho. Eu acabei só a primeira linha.

Os mestres estão alarmados com esses candidatos que se encaminham para ocupar cargos importantes na sociedade brasileira. "Fico preocupado" — disse o diretor — "imaginando como será a nossa elite de amanhã". Não se preocupe não, diretor. A elite de amanhã será a mesma de hoje. A elite nunca escreveu. A elite chama a secretária e dita.

Um dos sintomas mais evidentes das dificuldades de escrever aparece no próprio talhe da letra. Quase 50% das provas, segundo o diretor, exibiam um nível de escrita de quem não concluiu o antigo curso primário. Vendo as provas, fiquei estarrecido: uma caligrafia dessas que você encontra em quem só sabe assinar o nome. Todas tremidas. Tão tremidas que perguntei ao diretor se não tinha havido algum terremoto na hora da prova. Outro dia, durante uma visita que fiz à casa de Juvenal Ouriço, um de seus cinco filhos aproximou-se e veio me mostrar uma redação que fez para a escola. Peguei a folha de papel e, com ele ao meu lado, li atentamente. Ao terminar, ficou me olhando como que pedindo minha opinião. Fui franco. Disse-lhe:

— Não gostei.

— Não me admiro — disse ele —, o senhor leu de cabeça para baixo.

Dei um pigarro, disfarcei, coloquei a folha na posição correta e comecei novamente. Não entendia uma só palavra:

— Que diabo é isso? — berrei. — A professora mandou reproduzir uma mensagem cifrada?

— Não senhor. É só um dever.

— Um dever? E está escrito em português?

— Claro.

— Claro, não. Pra mim isto parece escrita cuneiforme.

Não há dúvidas: o estudante brasileiro não sabe escrever. Não sabe escrever porque não lê. E não lendo também desaprende a falar. Quantas palavras existem no chamado universo vocabular de um estudante médio? Ontem conversei com um por mais de duas horas e contei: oito. Para essa geração que vem por aí, a língua portuguesa se resume a oito palavras. De onde se conclui que essa é uma geração sem palavra. Palavra de honra. Uma geração de poucas palavras (e muito som). Nunca vi, nas faculdades, um estudante pedir a palavra. Mesmo porque quando pede não lhe dão.

É assim que os homens aí estão formando um grande país. No vestibular da PUC 12% dos candidatos tiraram zero

por demonstrarem uma absoluta incapacidade de articular duas ideias. O restante, segundo o diretor, não demonstrou um mínimo de organização mental para desenvolver um tema. Quer dizer, os estudantes não escrevem, não leem, não falam, não pensam. Tudo isso me faz pensar que estamos muito mais perto do que imaginava da Idade da Pedra. A prosseguir nessa regressão, ou a regredir nessa progressão, não demora muito estaremos todos de tacape na mão reinventando os hieróglifos. Neste dia então a palavra *escrever* ganhará uma nova grafia: *ex-crever.*

Em busca do ouro

Foi ali, naquele trecho da Lagoa em frente à sede náutica do Vasco. Um remador, recolhendo o barco depois do treino, viu alguma coisa brilhando à beira d'água. Agachou-se, colocou o minúsculo objeto brilhante na palma da mão e mostrou-o a um companheiro.

— Veja o que encontrei. Será que é ouro?

O companheiro sorriu com desprezo:

— Desde quando tem ouro na Lagoa? — e seguiu em frente.

O remador permaneceu algum tempo olhando para a palma da mão. Desconfiado, despediu-se dos companheiros e foi a uma joalheria. Era ouro mesmo! Quem sabe não há um lençol aurífero naquele local? Excitado com a descoberta, passou em casa disposto a voltar para a Lagoa.

— Mamãe, onde é que está a peneira?

A mãe não entendeu muito bem a pergunta. Seu filho, uma massa de músculos, não tinha o menor jeito para cozinha. Das poucas vezes que tentou quebrar um ovo, esmigalhou-o nas mãos. "Peneira pra quê, meu filho?"

— Bem... é que nosso técnico aniversaria amanhã. Vamos fazer um bolo para ele.

O remador botou a peneira num saco de supermercado e retornou à Lagoa. Lembrou-se dos filmes e fotos de Serra Pelada, colocou-se de cócoras e começou a garimpar. Álvaro Lenga, economista desempregado que passava pela Lagoa no seu cooper diário, estranhou aquela cena. Interrompeu a corrida e foi até o remador, pé ante pé, para não ser notado. Espichou o pescoço e viu a peneira. Se isso não é uma nova modalidade de pesca, pensou, só pode ser... ouro! Arregalou os olhos e correu para casa.

— Simone! — entrou apressado, gritando pela mulher.
— Cadê a peneira? A peneira... rápido!

A mulher e os dois filhos, pequenos, observavam Álvaro, assustados. Álvaro meteu a mão na peneira e foi saindo com a mesma rapidez que entrou.

— Álvaro, espera... Escuta... Onde é que você vai?
— Vou garimpar.
— Vai o quê? Você ficou maluco?
— Descobriram ouro na Lagoa Rodrigo de Freitas!

A mulher, meio zonza, pegou o telefone e começou a ligar para amigas e parentes.

— Encontraram ouro na Lagoa...
— Qual lagoa?
— Aqui, em frente à Borges de Medeiros. Parece que é um garimpo maior que o de Serra Pelada!

Nestes tempos difíceis, nenhuma notícia poderia soar melhor. Ouro, à disposição de qualquer um! Aquilo parecia um milagre. Enfim, Deus é mesmo brasileiro e deve ter nascido ali pelo Jardim Botânico.

Quando Álvaro voltou já havia umas 30 pessoas de cócoras procurando ouro à beira da Lagoa. Outras continuavam chegando, moradores dos prédios próximos, corredores, gente que ia passando de carro. Um senhor de paletó, gravata, arregaçava as calças. Morava longe — na Barra — e, com medo de não dar tempo de pegar a peneira, ia garimpar com seu lenço Cardin. "Dizem que já encontraram uma pepita de 10 quilos" — comentou enquanto tirava meias e sapatos, afobado. Álvaro acocorou-se e começou a peneirar. Para um jovem nascido e crescido em Ipanema, convenhamos, aquela era uma atividade um tanto estranha, de modo que, antes, Álvaro deu uma olhadela para os outros tentando aprender a técnica de movimentar a peneira. Percebia-se que cada um se virava à sua maneira. Não havia tempo ainda para o surgimento de uma escola carioca de garimpo.

— Achei! achei! — gritou um cavalariço da Hípica, garimpando meio desajeitado por causa do rombo na sua peneira. — Vejam. Achei uma pepita!

Todo mundo parou e correu para ver o tamanho da pepita. Era apenas um pedaço de brinco de fantasia. Como sempre acontece com os ajuntamentos no Rio, ouviu-se logo o comentário de um engraçadinho.

— O que você achou foi uma pepita rodrigues.

A notícia da descoberta de ouro na Lagoa Rodrigo de Freitas chegou rápido a Brasília. As autoridades pediram aos jornais, rádios e emissoras de tevê que segurassem a divulgação. Estavam preocupadas que ela tumultuasse a vida da cidade. Depois, considerando o número de desempregados (e subempregados) no Rio, resolveram liberar a informação. Dia seguinte, os jornais estamparam em manchete: "Rio já tem sua Lagoa Pelada".

Às seis da manhã, havia uma multidão incalculável se acotovelando à beira da Lagoa. Carros parados por todos os cantos, o trânsito completamente congestionado. Alguns proprietários de ônibus improvisaram novas linhas, como Triagem-Lagoa Pelada. Logo apareceram vários camelôs vendendo peneiras. "Quem vai? Leva três, paga duas. Peneira Serra Pelada, a peneira que conhece ouro deste país! Três para o cavalheiro aqui. Oito para a madame ali. Não precisa empurrar, tem peneira pra todo mundo!" Famílias inteiras, que antes só se reuniam em aniversários, enterros e piqueniques, apareciam para garimpar. Foi feita uma foto do Governador, calças arregaçadas, garimpando junto com o Secretariado. Apareceram vários socialites pintando no pedaço aurífero. A população estava fascinada. O garimpo era uma novidade para os cariocas (vocês sabem como o carioca adora uma novidade). Além disso, permitia que todos continuassem pegando uma cor com chances de enriquecerem de uma hora para outra. No meio daquela confusão, os boatos

cresciam desencontrados. Já se dizia que alguém havia achado uma pepita do tamanho de um tijolo.

No início da tarde, o movimento dobrou. Começaram a chegar os ônibus com "peregrinos" de outros Estados. O Presidente veio de Brasília, esperando ser carregado nos ombros por um crioulo, como em Serra Pelada. Realmente, ergueram o homem, mas atiraram-no dentro da Lagoa. O fato ficou por conta da irreverência do garimpeiro carioca. Um grupo de turistas americanos foi vaiado e quase linchado. Um cidadão exaltado bradava: "Nesse ouro, os gringos não vão meter a mão". A multidão já dava a volta na Lagoa. O trecho em frente ao Parque do Cantagalo afundou como uma barca do Amazonas. Felizmente, não houve vítimas entre os 400 garimpeiros que foram ao fundo com o aterro. Cresciam os boatos sobre o tamanho das pepitas encontradas.

Surgiram novos camelôs com vários tipos de peneira: aço, acrílico, isopor e peneirinha pra crianças. Em cima do canteiro, o Banco do Brasil tratava de abrir uma nova agência. Um cartaz anunciava um curso intensivo de garimpagem com professores vindos diretamente de Serra Pelada. Quem, porém, ganhava mais dinheiro era um ortopedista que montou um pequeno ambulatório à beira da Lagoa. A nova atividade estava acabando com a coluna dos garimpeiros cariocas.

Lagoa Pelada alterou a vida da cidade. Um garimpeiro profissional, trazido de Serra Pelada e recebido com todas as honrarias, declarou em entrevista à TV Globo que não havia ouro na Lagoa. Os cariocas, porém, não querem nem saber. Preferiam acreditar nas histórias que se contavam à beira d'água. Além disso, desenvolveu-se todo um comércio voltado para o garimpo. Era impossível parar. Parada já estava a cidade. No centro, quase deserto, umas poucas pessoas trabalhavam. Uma delas, o dentista Sérgio Fragoso, estava em seu consultório, quando viu entrar um de seus clientes. Olhou-o com surpresa:

— Hoje não é seu dia... Que houve?

— Nada... Perdi uma obturação de ouro quando velejava na Lagoa.

O marreco que pagou o pato

Semana passada São Paulo, apesar de toda a fama de que não pode parar, parou. E não foi num congestionamento. Parou para discutir o caso do marreco Quércia e sua marreca Amélia, presos e engaiolados durante 24 horas sob a acusação de poluírem o meio ambiente. Diante do fato eu fico aqui pensando que os paulistas já devem ter resolvido todos os seus grandes problemas urbanos. Sim, claro: quando um povo começa a prender marrecos é porque não tem mais nada para fazer.

O marreco Quércia — deixa-me explicar — ganha a vida honestamente como relações públicas da casa Agro Dora, na Rua da Consolação, 208. Em seu trabalho passa os dias inteiros circulando pela calçada e atraindo fregueses para a loja. Na segunda-feira o gerente da loja foi surpreendido com a presença de um fiscal, que muito compenetrado perguntou se o marreco era de sua propriedade. Diante da resposta positiva, virou-se para o gerente e pediu: "seus documentos?". Leu atentamente um por um, devolveu-os e disse: "agora deixe-me ver os documentos do marreco".

— O marreco não tem documentos — respondeu o gerente.

— Nenhum? Nem título de eleitor? Certificado de reservista? Nada? Então acho que vou ter que prender o seu marreco.

— O senhor não pode fazer uma coisa dessas — ponderou o gerente. — Não há nenhuma lei que obrigue marrecos a ter documento.

— Não há? — desconfiou o fiscal. — Então espere um momentinho.

Foi ao telefone e ligou para o chefe da repartição: "alô, chefe? Encontrei um marreco passeando pela rua sem documento".

— Que está esperando? — vociferou o chefe. — Prenda-o por vadiagem.

— Mas, chefe, é um marreco. Precisamos de uma lei para enquadrá-lo. O senhor sabe qual é o número dessa lei?

— Não tenho a menor ideia.

— Então pergunta se alguém aí sabe.

— Alguém aí sabe — perguntou o chefe, voltando-se para os funcionários da repartição — quais são os documentos que um marreco necessita para transitar livremente pelas ruas?

Não. Ninguém sabia. O chefe então sugeriu que o fiscal procurasse um outro motivo para prender o marreco. "Mas que motivo?", perguntou o fiscal, que era meio duro de imaginação.

— O marreco está nu? — indagou o chefe. — Então prenda-o por atentado ao pudor.

O fiscal parou um pouco, pensou e não se lembrou de ter visto jamais um marreco vestido. Não, essa era demais. O chefe, já pensando no almoço de domingo, insistiu: "o marreco está parado em cima da calçada?".

— Está.

— Então prenda-o por estacionar em local proibido.

"Boa ideia", pensou o fiscal. Voltou ao gerente, que estava parado na calçada ao lado do marreco, disfarçou, disse que iria perdoar a falta de documentos, "mas infelizmente tenho que levar o seu marreco por estar parado em local não permitido".

— Está certo — concordou, irritado, o gerente —, mas então chama o guincho.

— Pra que guincho?

— Meu marreco só sai daqui rebocado.
Formou-se a maior confusão em torno do marreco. O fiscal querendo levá-lo de qualquer maneira e o gerente, apoiado por dezenas de populares, defendendo a inocência do marreco. Nisso, chegou um segundo fiscal pouquinha coisa mais inteligente que o primeiro e decretou: "o marreco não pode ficar solto, é um agente da poluição".
— Agente de quem? — espantou-se um balconista da loja. — Garanto que não. O Quércia trabalha aqui há mais de dois anos.
— E daí? — interveio um popular que estava do lado do fiscal. — Ele pode ter dois empregos. Vai ver que quando sai daqui faz um bico em alguma agência.
— E você acha que o marreco, com esse bico, ainda precisa fazer outro?
— A acusação é injusta — interrompeu o gerente —, o marreco não pode ser acusado de poluir. Se eu tivesse aqui um elefante soltando fumaça pela tromba está certo, mas o Quércia nem fuma.
— Não interessa — afirmou o segundo fiscal, meio agressivo —, isso o senhor explica lá para o chefe.
O marreco entrou na sede da administração regional da Sé cheio de ginga. Imediatamente o chefe destacou um funcionário para qualificá-lo: nome, endereço, estado civil, essas coisas. De gravata e camisa de manga curta, o burocrata sentou-se à máquina e começou: "nome?". O gerente com o marreco no colo respondeu: "Quércia".
— Quércia de quê?
— De nada.
— Como de nada? Ele não tem família?
— Tem. É da família dos anatídeos.
— Então — prosseguiu o funcionário batendo na máquina —, Quércia Anatídeo.
Terminada a ficha, o burocrata abriu uma gaveta e enquanto procurava o material para tirar as impressões digitais disse ao gerente:
— Me dá aí o polegar do marreco.

— O marreco não tem polegar — desculpou-se o gerente.
— Não? — disse o funcionário já contrariado porque não encontrava a almofada para carimbos. — Então, me dá o indicador.
— O marreco também não tem indicador.
— E o anular, tem?
— Também não senhor.
— Poxa — chateou-se o burocrata —, então me dá aí qualquer dedo que estiver sobrando.
O gerente precisou explicar que marreco não tinha dedo. Tinha pata. Ainda assim o funcionário já meio perturbado entendeu que o gerente se referia à companheira do marreco e perguntou: "uma pata?".
— Não. Duas.
— E ele vive bem com as duas?
Custou pouco para desfazer a confusão. Encerrada essa fase, o funcionário encaminhou-se para outra sala, onde o marreco teria que tirar umas fotos três por quatro de identificação. O fotógrafo, repetindo gestos tão automáticos quanto a máquina, mandou o marreco subir na cadeira, esticar bem o pescoço, olhar para a frente e não se mexer. O marreco mesmo sem entender nada seguiu as instruções do fotógrafo. Quando o fotógrafo enfiou a cabeça por debaixo do pano preto — a máquina era daquelas antigas — observou pelo visor que alguma coisa estava errada. Tornou a levantar a cabeça e indagou do funcionário: "nós vamos fotografá-lo assim?".
— Assim como? — indagou o funcionário, sem entender.
— Sem gravata?
— Não sei — disse o funcionário meio reticente —, mas eu acho que marreco não precisa botar gravata.
— Acho melhor botar uma gravata nele — retrucou o fotógrafo —, você sabe como é o chefe: já disse que foto só de gravata.
O funcionário tirou sua gravata, pediu um paletó emprestado a um datilógrafo, tiraram as fotos necessárias e depois engaiolaram o marreco. E não é que no dia seguinte a poluição em São Paulo diminuiu sensivelmente...

Meu primeiro assalto

Eu sabia que mais cedo ou mais tarde chegaria a minha vez. Existem coisas inevitáveis a um cidadão de classe média da Zona Sul do Rio de Janeiro. Uma delas é pagar impostos. A outra é ser assaltado. Até que resisti muito. Conheço história de garotos que sofreram o primeiro assalto antes da primeira comunhão.

Vinha me preparando durante todos esses anos, com a disciplina de um maratonista, para enfrentar o primeiro assalto. O primeiro assalto é algo tão importante na vida das pessoas quanto o primeiro beijo ou o primeiro amor. Treinei duro, fazendo caras diante do espelho, decorando frases, aperfeiçoando a expressão corporal. Nas reuniões sociais, ouvia atentamente as narrativas dos assaltados. Às vezes, devo dizer, ficava meio deprimido porque todas as pessoas que conheço já tinham sido assaltadas, enquanto eu continuava circulando impunemente há mais de 40 anos pelas ruas e vielas da cidade. Por que essa discriminação? Tenho cara de quem ganha salário mínimo?

Enfim, aconteceu na porta da garagem do meu prédio. Sempre ouvi dizer, nas incontáveis histórias sobre assaltos a edifícios, que os ladrões são rapazes bronzeados, elegantes, terno e gravata (alguns de colete), bem falantes e desembaraçados como um vendedor de enciclopédias. Ao olhar para meu primeiro assaltante, confesso que senti uma pontinha de frustração. Era um tipo magro, abatido, com os dentes em péssimo estado e vestido como se fosse para um arraial de São João. Ainda por cima, era gago.

Devia ser oito e meia da noite quando cheguei com Eliane à porta da garagem. Saltei, toquei a campainha e voltei ao carro, aguardando o porteiro. Foi nesse instante que ele apareceu. Uma forte emoção me subiu pelo corpo. Tratava-se afinal de um momento ansiosamente esperado, por muitos e muitos anos. Aproximou-se da minha janela, exibiu seu 38 e anunciou:

— Isso é um... é um as... ass... assss...

— Assalto? — antecipei-me, nervoso com aquele suspense.

— É isso aí! Va-vai pas... sando as jo-jo... jo-jo...

— Jo-jo? Não sei o que é... — fiz-me de desentendido, procurando ganhar tempo até a chegada do porteiro.

— Você sa... sa-sa... sa-sa...

— Sassassaricando!? — lembrei-me dos meus tempos de jogar mímica.

Ele deu com o cano do revólver no meu ombro, irritado, mas sem nenhuma autoridade. Tinha um comportamento de amador. Eu estava mais preparado para ser assaltado do que ele para assaltar. Sem dúvida era um novato no ramo. Talvez estivéssemos participando, ambos, do primeiro assalto.

— Quero o ouro — disse, muito trêmulo.

— Tudo bem. Você terá... — procurei acalmá-lo. — Fique tranquilo.

— Quem disse que não tô tranq... tranks... calmo?

Quando Eliane começou a tirar a pulseirinha, o porteiro abriu a porta da garagem com grande estardalhaço (a porta está meio empenada, raspando no chão). O assaltante meteu o revólver na cintura e partiu para cima do porteiro, empurrando-o contra a parede.

— Você fi-fi... fi-ficaí!

O porteiro, sem saber do que se tratava, reagiu agressivo:

— Fico aqui por quê, pô?

Os dois passaram a discutir na frente do meu carro. Eliane sugeriu que déssemos marcha à ré, aproveitando a distração do ladrão, e fôssemos chamar a PM.

— Negativo — respondi. — Venho me preparando há anos para este momento. Agora quero saber como vai acabar.

— Que loucura! Quer dizer que você quer ser assaltado?

— Quero. Você não sabe que tenho um problema de rejeição com relação a assaltos? Se nós sairmos daqui, quem vai ser assaltado é o porteiro. Ele não vai me roubar a cena. Este assalto é meu!

Recuperamos a tranquilidade e voltamos a conversar como se estivéssemos parados no *Drive-In*. À nossa frente, menos de um metro, o porteiro e o assaltante continuavam num bate-boca como se discutissem a Constituinte.

— Fi-ficaí encostado na pa-pa... pa-pa... pa-rede, que eu tô-tô... mandando!

— Qualé, cara! — retrucou o porteiro. — Quem é você pra mandar em mim?

Botei o farol alto em cima dos dois para ver melhor a cena.

Quando meu assaltante revelou sua atividade, nem o porteiro acreditou. Sorriu com o canto do lábio naquela expressão de descrença. Aí, juro, o assaltante teve uma reação inesperada: virou-se para mim e pediu minha confirmação.

— So-sou ou não so-sou?

Pedi licença a Eliane, interrompi a conversa, botei a cabeça para fora do carro e falei com o porteiro:

— É isso aí. Ele é um assaltante! (Meu assaltante, pensei.)

O ladrão levantou a fralda da camisa, sempre desajeitado, e mostrou o "documento" na cintura. O porteiro mudou de cor e se jogou de costas, braços abertos contra a parede. O assaltante tornou a empunhar a arma e voltou à minha janela com uma pergunta que contando parece mentira.

— Onde é que nó-nó... nó-nós estávamos?

— Bem, se não me engano, falávamos sobre os problemas da Serra Pelada.

— De... o quê?

— Ouro! Toma logo minha pulseira — disse Eliane, nervosa, querendo acabar com aquilo.

No momento em que o assaltante ia metendo a mão pela janela, parou um fusca ao meu lado, cheio de gatões e gatinhas, buzinando para alguém no prédio. O assaltante recuou o braço, assustado com aquela presença inesperada. Assustou-se mais ainda com as cabeças que apareceram nas janelas. Um pouco apertado entre os dois carros, fez um gesto brusco e saiu correndo ladeira abaixo. Antes, ainda pude ouvi-lo reclamar: "Pronto, estragou tudo!". No gesto, esbarrou a mão no espelho retrovisor externo e deixou cair a arma. Apanhei-a e levei-a para casa, sem saber se ficava triste ou alegre com o resultado da experiência. Meu primeiro assalto foi mais proveitoso do que poderia imaginar: rendeu uma crônica e um 38. Se é que foi um assalto. Como se chama o delito penal quando o assaltado sai no lucro?

Os filhos dos descasados

As pessoas que vivem no reino encantado do casamento ajustado às vezes não fazem a menor ideia do que se passa do outro lado da cerca, no conturbado e imprevisível mundo dos descasados.

Vejam por exemplo o caso de Alexandre P., advogado, morador na Barra da Tijuca. Alexandre se considera hoje um descasado convicto, após duas experiências conjugais. Com a primeira mulher teve uma filha, Patrícia, nove anos; com a segunda, outra filha, Paula, sete anos. Alexandre dá um duro dos diabos para ajudar a manter e educar as duas meninas. Quando chega os fins de semana em que fica com as filhas, passa as manhãs de sábado nos congestionamentos. Uma delas mora na Voluntários da Pátria; a outra, na Rua das Laranjeiras. Depois vai apanhar a namorada, com a filha, na Farme de Amoedo. Frequentemente ainda tem que pegar as duas filhas de sua irmã, também descasada, na Tijuca. Alexandre vem pensando seriamente em comprar um ônibus escolar.

Alexandre termina esses fins de semana mais grogue do que *boxeur* depois de um direto no queixo. Não faz muito tempo, um domingo à noite, na hora da entrega, Alexandre trocou as filhas: entregou a filha da segunda mulher na casa da primeira e a filha da primeira na casa da segunda. Contribuiu para o fato uma dessas coincidências que a gente só pensa existir em novela: ambas as ex-mulheres moram num 401.

As duas meninas dormiam no banco de trás quando Alexandre parou o carro diante do prédio na Voluntários. Pegou uma das filhas no colo e chamou o porteiro: "Por favor, entregue ela no 401". O porteiro segurou-a pela mão e foi caminhando com ela, que esfregava os olhinhos e dormia sobre as próprias pernas. Alexandre arrancou com o carro em direção à Rua das Laranjeiras. Ao estacionar viu sua ex-primeira mulher parada na portaria. Desligando o carro, Alexandre sorriu e brincou com ela:

— Tá esperando aí por quê? Não confia mais em mim?

Abriu a porta, pegou a menina e a foi levando no colo:

— Toma! Toma logo sua filha!

A mulher chegou a estender os braços, mas logo recuou:

— Minha filha? Que negócio é esse? Não é a Patrícia. Onde você arranjou essa menina?

Alexandre levou um susto. Quase deixou a garota despencar dos seus braços. A ex-mulher sempre pronta a se agarrar aos menores pretextos para esculhambar com o ex-marido abriu sua metralhadora giratória.

— Você é mesmo um pai desnaturado! Não sei como pude me casar com você! Imagina! Não reconhece a própria filha! — e começou a berrar na portaria. — Cadê a Patrícia? Eu quero a minha filha! Quero minha filha!

Alexandre mantinha a calma e procurava explicar o engano à ex-mulher, que já ensaiava um escândalo na portaria. Algumas pessoas se debruçavam nas janelas do prédio. Muitos passantes paravam para ver o desenrolar da cena.

— Não precisa gritar, Priscila — pedia ele. — Eu só troquei as meninas...

A mulher beirava o descontrole:

— Só??? Você troca as próprias filhas e diz "só"? — e dirigindo-se ao porteiro: — O que um homem desses não é capaz de fazer, han? Um homem que troca as filhas! O senhor já viu alguém assim? — Dirigindo-se a Alexandre: — Você é pior que o Mengele! É um perigo para a sociedade!

A outra filha acordou e começou a chorar dizendo que queria ir para casa. Alexandre não sabia o que fazer. Estava vendo a hora que iria ser tascado na calçada. Tentava tranquilizar a ex-mulher.

— Sua filha está bem. Ela está bem. Nós vamos buscá-la. Deixei-a na casa da Maria Luísa.

Era o que faltava para ela explodir. As duas ex-mulheres se detestavam:

— O quê? Você está dizendo que deixou minha filha com aquela sua mulherzinha vulgar?

— Ex-mulher — foi a única coisa que Alexandre conseguiu dizer.

— Seja o que for! Minha filha na casa daquela mulher que não vale nada... ordinária, uma piranha maconheira! A essa altura já deu um baseado para minha filha. Vou chamar a Polícia!

— Fique calma, Priscila. Eu vou buscá-la!

A mulher berrou que iria junto. Alexandre nem se lembra como deu a partida no carro com aquela mulher matraqueando nos seus ouvidos: "Vou ter que desinfetar minha filha!". Não chegou a avançar dois quarteirões. Deu a volta.

— O que houve agora? Não! — a mulher tentou segurar o volante. — Vamos logo. Quanto menos tempo Patrícia passar com aquela mulher, melhor... tá voltando por quê?

Alexandre estava completamente zonzo.

— Você fica aí falando sem parar... esqueci minha filha lá na portaria.

Maria Luísa, a segunda ex-mulher, ligava sem parar para a casa de Alexandre. Ela estranhou abrir a porta e ver aquela menina ser entregue pelo porteiro como se fosse uma encomenda. Logo, porém, tudo foi esclarecido. Sim, mas agora Maria Luísa queria sua filha de volta. Mais que isso: queria despachar a filha da outra, que chegou num momento bastante impróprio. Maria Luísa estava deitada com o seu atual namorado, Geraldo, enquanto a filha dele, oito anos, dormia no quarto ao lado. Não é das coisas mais agradáveis ter que suspender as atividades e ficar fazendo sala para uma intrusa de nove anos. "Onde estará Alexandre com minha filha?", disse Maria Luísa desligando mais uma vez o telefone.

— Liga pra casa da outra ex-mulher — sugeriu Geraldo.

— Falar com aquela dondoca histérica? Nunca! Nem sei o telefone daquela neurótica!

A filha do Geraldo acordou. As duas meninas ficaram brincando na sala. Na rua, Alexandre ainda estacionava o carro. Priscila foi saltando e se dirigindo ao porteiro: "Peça para mandarem descer a menina que está lá no 401. Diga que a mãe dela está aqui". Alexandre quis pedir ao porteiro para levar a filha de Maria Luísa.

— Negativo — chiou Priscila. — Só vou entregar a filha dela depois que ela entregar a minha.

Os dois permaneceram aguardando no carro. A mulher falava sem parar: "Torça para que essa vagabunda devolva minha filha em bom estado ou subo lá e quebro tudo". Logo Priscila viu através do vidro da portaria, entre plantas, a menina saindo do elevador. Correu para abraçá-la. Só então percebeu que não era sua filha. Era a filha do Geraldo. A mãe tinha ficado de passar para apanhá-la.

Férias no Rio

A onda de furtos e assaltos arrebenta na porta dos grandes hotéis da orla marítima. Experimente visitar um deles: seguranças, armas, munições, walkie-talkies, linhas telefônicas diretas, possantes binóculos. Os hotéis cariocas entraram na corrida armamentista. Nem no Líbano são tão bem guardados. Um turista desavisado pensará que há uma guerra entre os hotéis do Rio de Janeiro. Estarão disputando os hóspedes a tiro?

Meu amigo Jorge Villalba telefonou-me, antes do Natal, de Buenos Aires. Pretendia passar o verão no Rio. Queria informações sobre os melhores hotéis.

— O Caesar Park tem quartos amplos e confortáveis...

— Não estou interessado no tamanho dos quartos. Quero saber sobre o tamanho da segurança.

— Bem, dizem que o Othon montou um ninho de metralhadoras no telhado; o Méridien está instalando umas minas por baixo da calçada; o Rio Palace oferece granadas de mão aos hóspedes e o Sheraton comprou um tanque para os *tours by night*.

Jorge desembarcou dia 2 de janeiro no Aeroporto Internacional. Pegou um táxi que o deixou na porta principal do Caesar Park. Saltou e, antes que pudesse fazer qualquer coisa, dois seguranças do hotel, surgidos sabe-se lá de onde, se atiraram sobre ele, jogando-o ao chão. Há sempre o perigo de uma bala perdida. Um deles cochichou no ouvido de Jorge: "Não entre pela porta principal; os assaltantes podem marcar sua cara. Venha comigo". O segurança levou-o pela garagem. Subiram umas escadas escuras, passaram pela tinturaria, atravessaram a cozinha, foram ao último andar pelo elevador de serviço, entraram pela casa das máquinas, desceram de escada e pararam na recepção. Havia uma multidão de homens no hall. Todos agentes de segurança. Qualquer um juraria que o Papa se hospedava no hotel.

Jorge debruçou-se sobre o balcão à espera do atendimento. O segurança cochichou: "Disfarça, finge que você veio ver alguém". Um faxineiro, varrendo o chão, encostou em Jorge, e sem que ninguém percebesse passou-lhe a ficha de hóspede. Meu amigo pegou-a e foi preencher dentro da cabine telefônica. Todo cuidado é pouco. Os assaltantes estão por todos os cantos. Se descobrem-no hóspede, Jorge não poderá botar o dedo do pé na rua. Devolveu a ficha de hóspede dentro de um jornal.

A chave do quarto estava no chão. "Essa chave é sua?", perguntou outro recepcionista disfarçado de garçom. Jorge subiu num elevador lotado. De hóspede só ele. Os outros 23 eram seguranças. Dentro do quarto, em cima da mesa, um embrulho em papel de presente com um cartão do hotel. "Com os cumprimentos da gerência." Jorge abriu o embrulho: um canivete, um apito, uma lista de telefones de emergência, perucas, barbas, bigodes (para sair do hotel disfarçado), um mapa do Rio com os pontos negros assinalados e um livreto com expressões usuais em português: Mãos ao alto! A bolsa ou a vida! Isso é um assalto! Socorro! Passe o ouro! Obrigado!

O segurança despediu-se. Jorge fechou a porta e suspirou fundo. Enfim, só. Mais uns segundos, bateram à porta. Antes que Jorge pudesse fazer qualquer coisa, um segurança saltou de baixo da cama. "Deixa que eu abro!" Um camareiro entregou as malas. Jorge resolveu trocar de roupa para fazer umas comprinhas em Ipanema. O segurança interceptou-o:

— Deixa que eu vou! É perigoso você sair. Você não conhece a cidade. Deixa que eu já manjo os nossos marginais. Que é que você quer comprar?

À noite Jorge pensou em sair para comer. Passara o dia todo trancado no quarto. Tomou um banho, fez a barba e ligou para a recepção, perguntando por um restaurante nas redondezas. Quando desligou, um segurança saiu do armário e gritou:

— Deixa que eu vou! Nem pense em sair do hotel depois das oito da noite — disse o homem. — Deixa que eu vou! Que prato você gostaria de pedir no restaurante? Pode deixar, prometo comer tudo.

Dia seguinte Jorge tomou café no quarto e botou o calção. O segurança entrou no quarto e assustou-se ao ver aquele corpo branco e desengonçado.

— Não me diga que você está querendo ir para a praia!

Jorge assentiu com a cabeça.

— Você ficou maluco? Branco desse jeito? Sair assim é risco de vida. Você não conhece nossos ratos de praia! Deixa que eu vou!

Jorge passou mais um dia trancado no hotel! Não lhe deixavam nem abrir a janela. Nossos assaltantes já estão subindo pelas paredes. Mais um dia e Jorge disse que queria sair para conhecer a cidade. Não adiantou o segurança dizer que o hotel exibia em sessões contínuas um filme sobre o Rio, numa cabine com ar-condicionado e confortáveis poltronas. Jorge queria ir aos lugares.

— Muito bem — disse o segurança, abrindo o mapa da cidade. — Então evite os pontos negros.

— Mas... só tem ponto negro aqui no mapa!

— Quem mandou você não ir para Florianópolis?

Jorge procurou bem e encontrou alguns pontinhos brancos (áreas permitidas a turistas) no mapa. Saiu a visitá-los com o segurança. Hoje de manhã fui ver Jorge no hotel. Estava deitado na cama vendo o programa do Sílvio Santos na televisão. "Então", perguntei, "está gostando do Rio?" Jorge sorriu meio sem graça. Insisti. "Que é que você já conheceu?" Ele apontou-me dois pontinhos no mapa. Não identifiquei. — Que lugares são esses?

— 13ª Delegacia e o Quartel da PM — fez uma pausa. — As fotos ficaram ótimas.

Recomendações

No afã de proteger seus hóspedes, os grandes hotéis entregam a eles, junto com as chaves, uma lista de sugestões e recomendações para tornar menos perigosas e mais agradáveis suas férias no Rio:
1. *Não leve objetos de valor para a praia.*
Deixe seus cartões de crédito, dólares e colares de brilhantes no hotel. Caso você se considere uma pessoa de valor, recomenda-se o uso da piscina.
2. *Evite entrar em grupos desconhecidos.*
Não faça chacrinha em ponto de bicho. Não fique jogando porrinha na porta dos bares. Caso você não resista em se aproximar de desconhecidos, peça antes uma folha corrida e um atestado de bons antecedentes ao grupo.
3. *Na praia, não abandone a barraca.*
A barraca é um ponto de referência para os nossos seguranças. Não abandone nunca. Quando for cair na água, leve a barraca junto.
4. *Fique sempre de olho nos seus objetos na areia.*
Não faça como os assaltantes, sempre de olho nos objetos dos outros. Não desgrude os olhos dos seus objetos. Tente caminhar de costas pra dentro d'água. Se ficar difícil, amarre uma cordinha nos objetos quando for cair na água.
5. *Evite sair com máquinas fotográficas.*
Máquina fotográfica é um objeto que denuncia o turista. Procure sair com liquidificadores, batedeiras, torradeiras...
6. *Se estiver em dúvida sobre algum local da cidade, não procure um desconhecido para esclarecer.*
Certamente o desconhecido é um assaltante. Se tiver alguma dúvida, ligue para sua casa em Frankfurt, Tóquio ou Buenos Aires. Os parentes são mais confiáveis.

7. *Evite sair a pé depois que escurecer.*
Procure tomar um táxi. O motorista certamente também vai lhe assaltar, mas o fará sem violência. Uma coisa é ficar sob a mira de um revólver; outra é ficar sob a mira de um taxímetro.
8. *Evite falar para que os desconhecidos não percebam que é estrangeiro.*
Caso seja abordado na rua com alguma pergunta, resmungue ou gema fingindo que está com dor de dente. Se preferir comece a gesticular, como se fosse mudo.
9. *Não use roupas finas e caras.*
Ao viajar para passar o verão no Rio, traga suas roupas mais rotas e velhas. Saia às ruas todo andrajoso. Talvez até receba uma esmola dos assaltantes.
10. *Evite pontos de concentração de turistas, como o Corcovado e o Pão de Açúcar.*
Lembre-se: onde estão os turistas, estão os assaltantes. Procure ir a locais onde ninguém desconfie da sua condição de turista. Passeie pelas ruas Gomes Freire, Frei Caneca, Riachuelo...
Dito isso, só podemos esperar que você, turista estrangeiro, tenha as melhores férias de sua vida!

Ser filho é padecer
no purgatório

Psssiu, psssiu.

— Eu? — virou-se Juvenal apontando para o próprio peito.

— É. O senhor mesmo — confirmou o comerciante à porta da loja —, venha cá, por favor.

Juvenal aproximou-se. O comerciante inclinou-se sobre ele e como que lhe segredando algo perguntou:

— O senhor tem mãe?

— Tenho.

— Gosta dela?

— Gosto.

— Então é com o senhor mesmo que eu quero falar. Vamos entrar. Tenho aqui um presente especial para sua mãe.

— Tem mesmo? Mas por que o senhor não entrega a ela pessoalmente?

— Porque ela é sua mãe, não é minha. O senhor é que deve entregar o presente.

— Está bem. Então o senhor me dá que eu dou pra ela.

— Dar, não — corrigiu o comerciante —, infelizmente não estamos em condições. As vendas só subiram 75%. Vou ter que lhe vender o presente.

— Mas eu não estava pensando em comprar um presente agora para minha mãe. O aniversário dela é em novembro.

— Não é pelo aniversário. É pelo dia das mães.
— Dia das mães? — repetiu Juvenal sempre desligado.
— Mães de quem?
— Mães de todos. É depois de amanhã, domingo.
— É mesmo? E quem disse isso?
— Bem...
— Está na Bíblia?
— Não. Ele foi criado por nós, comerciantes, para permitir que vocês manifestem seu amor e carinho por suas mães.
— Puxa, vocês são tão legais. Eu não sabia que os comerciantes gostavam tanto da mãe da gente.
— Pois acredite. E olhe, vou lhe contar um segredo: nós gostamos mais da mãe de vocês do que da nossa.
— É mesmo? E por que assim?
— Porque a nossa não deixa lucro. Pelo contrário. Todo ano no dia das mães sou obrigado a desfalcar a loja para presenteá-la.
— Ainda bem que é só um dia, hein? Se fosse, digamos, um trimestre das mães, vocês estariam na maior miséria. O senhor dá presentes caros a sua mãe?
— Bem, pra falar a verdade, tem uns 10 anos que eu não dou presente pra ela no dia das mães.
— E ela não reclama?
— Reclamava, até o dia que lhe disse que o dia das mães era jogada comercial e que para mim o dia dela era todos os dias.
— Também acho.
— Não. Você não pode achar — esbravejou o dono da loja —, eu posso porque sou comerciante. Você não, você é consumidor. Tem que comprar um presente pra ela no dia das mães.
— Bem, já que é assim, então vamos ver o presente.
— Ótimo, assim é que se fala. Você tinha me dito que gostava de sua mãe, não é verdade? Gosta muito?
— Muito. Por quê?

— Porque nós temos aqui presentes para todos os gostos. Para quem gosta muito, para quem gosta pouco, para quem ainda está em dúvida.

— E o senhor dá desconto para quem gosta muito?

— Não. Nós só damos descontos para quem tiver mais de uma mãe. Fazemos, porém, um preço especial para juiz de futebol, que tem a mãe muito sacrificada. O senhor é juiz de futebol?

— Não. Sou bandeirinha — mentiu Juvenal.

— O senhor já foi xingado em campo alguma vez?

— Umas três.

— É pouco, só damos descontos para bandeirinhas que tenham sido xingados mais de cinco vezes. Vamos ver os presentes? Pra escolhermos o tipo de presente mais adequado eu preciso saber como é sua mãe.

— Mamãe? É uma mãe igual a qualquer outra. Não tem nada de especial. Ou melhor, de especial só tem o filho.

— Vejamos. Quando o senhor era garoto ela costumava dizer: "Saia agasalhado meu filho", "não vá comer agora que o jantar já vai pra mesa", "não ande no ladrilho descalço", "não abra a geladeira sem camisa", "não se esfalfe", "não chegue tarde", "não apanhe chuva", costumava? Costumava dizer que o senhor estava comendo pouco e lhe entulhava de remédios?

— Exatamente — supreendeu-se Juvenal —, parece até que o senhor foi filho da minha mãe.

— Ou o senhor foi filho da minha. Se ela era realmente assim, o melhor presente é esta TV em cores.

— Mas é o artigo mais caro que tem na loja. Não posso dar aquela que é mais barata?

— Que é isso, meu senhor? Sua mãe merece o melhor.

— Mas eu não tenho dinheiro. Não posso dar o melhor.

— Que absurdo — indignou-se o comerciante —, se o senhor não pode dar o melhor para sua mãe vai dar para quem? Será que sua mãe não merece um sacrificiozinho de sua parte?

— Claro. Claro que merece.
— E, então? Pense nos sacrifícios que ela já fez pelo senhor.
— Estou pensando.
— Então pense que eu espero. Ela fez muitos?
— Muitos o quê?
— Sacrifícios.
— Não estou pensando nos sacrifícios. Estou pensando no preço.

Juvenal perguntou se podia ver outros artigos, talvez encontrasse algo mais em conta. "Posso remexer nas mercadorias da loja?"

— Lógico — disse o comerciante —, esteja à vontade. Pode remexer o quanto quiser. Aqui vale tudo. Só não vale xingar a mãe.

Juvenal saiu percorrendo a loja, com o comerciante atrás, matraqueando no seu ouvido sua técnica de vendedor: "O senhor sabe o que é ser mãe? Ser mãe, como dizia Coelho Neto, é andar chorando num sorriso/ ser mãe é ter um mundo e não ter nada/ ser mãe é padecer num paraíso/ ser mãe é ter filho que lhe compre uma TV em cores ou um ar-condicionado ou uma geladeira, um secador de cabelos, uma cinta, um jogo de estofados, uma mobília de quarto..."

— Mobília de quarto?
— E por que não? Armário, penteadeira, mesinha de cabeceira e uma cama.
— O senhor ficou maluco? Se eu contar para o meu analista que dei uma mobília de quarto para minha mãe, o mínimo que ele vai dizer é que sou um filho edipiano...
— Mas também se o senhor der um presente barato ele vai dizer que o senhor rejeita a sua mãe. Por que o senhor não telefona para seu analista? Pergunta qual o presente que ele vai dar para a mãe dele.
— E daí?
— Daí, o senhor dá o mesmo, assim ele não vai poder lhe malhar depois.

— Já resolvi — respondeu Juvenal decidido. — Não vou dar nada.
— O quê? — vociferou o comerciante. — O senhor não vai dar nada para aquela que lhe deu tudo?
— Vou lhe dar um beijo.
— Um beijo? O senhor tem coragem? O senhor é realmente um filho desnaturado. Em pleno século XX, em plena sociedade de consumo, o senhor vai chegar em casa de sua mãe e com a maior cara de pau lhe dar um beijo? Um beijo? Que espécie de filho é o senhor? Um beijo?
— Bem, talvez dois ou três.
— Então leve ao menos esta pasta de dentes aqui. Contém genitol e mantém o hálito puro na hora de beijar a mãe.

Belle de jour

Foi paixão à primeira vista. Quando a vi em "Os guarda-chuvas do amor" (em 1963), eu disse para mim mesmo: "Eis aí a mulher dos meus sonhos". Revi o filme por toda a semana. Saía de casa como se fosse ao encontro da namorada. Vestia as melhores roupas, me banhava com a lavanda do meu pai, caprichava no repartido do cabelo (bons tempos). Minha mãe pressentia a presença de um novo amor na vida do filho. Estranhava um pouco, é verdade, os horários do meu namoro: saía de casa às 13h30min e só voltava depois da sessão das 10. Um dia ela quis saber quem era a jovem.

— Catherine — disse eu, displicente, como se fosse um nome tão comum quanto Maria no Rio de Janeiro.

— Ela mora aqui em Laranjeiras?

Nunca apreciei a intromissão dos meus pais na minha vida sentimental. Muito menos neste caso. Se dissesse de quem se tratava, dia seguinte seria encaminhado ao meu tio Pedro, psiquiatra. Como também não gosto de mentir, procurei uma resposta adequada.

— Não, mãe. Ela mora depois do Grajaú.

Arranjei uma namorada que se parecia com ela. Quer dizer, era mais baixa, mais gordinha, pele morena, cabelos escuros, mas alguma coisa naquele olhar lembrava Catherine. Seu nome era Aparecida. Uma noite, envolvido naquele corpo a corpo do amor na "corrida de submarinos", chamei-a várias vezes de Catherine. Aparecida ficou uma arara: "Quem é essa tal de Catarina?" Me deu uma decisão: "Ou eu ou ela!" Por nada desse mundo abdicaria de Catherine, a mulher dos meus sonhos. Catherine não sabe, mas trabalhou em muito mais do que 53 filmes. Trabalhou em centenas de sonhos. A partir de "Belle de jour" — cinco anos mais tarde —, estourou dentro de mim como os muros de uma represa. Alagou tudo. Além dos sonhos, passou a frequentar também todas as minhas fantasias sexuais.

Por essa época passei a colecionar suas declarações e entrevistas. Aprendi tudo sobre sua vida. Sei de fatos que ela mesma ignora. Catherine até hoje desconhece que foi a irmã, Danielle, quem quebrou sua boneca na festa de sete anos de Sylvie, a irmã caçula. Nas viagens à Europa fui recolhendo algumas coisas, através de amigos. Tenho, por exemplo, um grampo que ela usou no filme "Repulsa ao sexo". Tenho um pé de meia que ela usou em "Pele de asno". Arranjei com um dentista, amigo de um amigo, o desenho de sua arcada dentária. No cinema já não me satisfazia apenas em vê-la nas telas. Chegava com uma gilete e discretamente cortava suas fotos nos cartazes dos filmes. Seus retratos cobriam as paredes do meu quarto. Tenho até uma abreugrafia de Catherine. Nunca vi pulmões mais lindos.

Imagine agora minhas emoções no dia em que abri o jornal e soube que Catherine viria ao Brasil? Não foi nem preciso despertador para pular da cama às 4h daquela madrugada gélida de domingo. A caminho do aeroporto, a imaginação decolou em busca do nosso primeiro encontro. Era como um filme. Nós dois correndo, um na direção do outro, e nos abraçando no meio do aeroporto.

— Catherine! Oh, Catherine... quanto tempo! Por que você me fez esperar tanto?

— Oh, Charles, *mon amour*... foi tão difícil para mim todos esses anos sem você. Queria tanto vir lhe ver, mas você sabe, é sempre uma coisa e outra...

— Oh, Catherine... Deus sabe o que sofri. Não me deixe nunca mais! Nem que o Mastroianni lhe peça...

— Não! Não! Não! *Mon amour*, nunca mais. Só vim por sua causa, acredite-me. Essa história de joias foi tudo um pretexto! Passei horas batendo queixo no hall do aeroporto à espera do voo da Air France. Catherine veio pela Varig. Retornei para casa pensando que talvez tivesse sido melhor assim: o aeroporto estava cheio, Catherine é muito tímida, não se sentiria à vontade para extravasar suas emoções diante de tanta gente. Sim, porque na minha cabeça não havia dúvidas de que Catherine sabia da existência de um brasileiro perdidamente apaixonado por ela. Foram 532 cartas. Era só me apresentar, dizer meu nome e pronto: como num passe de mágica, estariam ligados os fios da paixão. Voltei sozinho para debaixo das cobertas e do lençol de linho branco, comprado especialmente para a ocasião. Catherine adora lençóis de linho branco.

Dia seguinte, Catherine iria fazer uma coletiva na H. Stern. Como sei de seu amor por plantas, vesti minha roupa verde-samambaia. Quando cheguei, a entrevista já havia começado. A recepcionista encaminhou-me ao auditório. Entrei com as pernas trêmulas, parei num canto. Lá estava ela sob a luz dos cinegrafistas: bela, suave, delicada, deslumbrante. Catherine parecia flutuar. Enfim, depois de 20 anos, ela saía das terras do sonho. Era muito maior do que no cinema. Por um momento tive a impressão de que Catherine me reconheceu: olhou para mim, de relance, e em seguida derrubou um copo na mesa. Deveria ter ficado lá fora, pensei, minha presença deixou-a nervosa.

A entrevista terminou. Tentei me aproximar. Só precisava de alguns segundos para dizer meu nome, a senha que nos uniria para sempre. Catherine levantou-se e logo se viu cercada por uma multidão. Quando começou a andar, a multidão foi junto. Aquela gente toda empencada em Catherine lembrava um cacho de uvas em movimento. Percebi que deveria aguardar mais um pouco. Quem sabe na hora do almoço? Entrei no elevador e, surpresa, logo depois entrou

Catherine. Ela está me seguindo, pensei. Ficamos eu ao fundo e ela na minha frente, de costas para mim. À volta, uma nova multidão. Pela primeira vez na vida subi com prazer num elevador lotado. Era só inclinar levemente a cabeça e meu nariz invadiria os cabelos louros de Catherine. Por que esse prédio não tem 150 andares? Esperei 20 anos para sentir seu cheiro, agora ela estava ali, a menos de 10 centímetros de distância e eu tinha que permanecer imóvel. Tive vontade de cochichar meu nome no seu ouvido, mas ela podia se virar e me abraçar pelo pescoço. Talvez as outras pessoas reparassem.

O elevador parou e Catherine foi direto para o *toilette* (Catherine jamais vai ao banheiro) retocar a maquilagem. No salão, uma mesa comprida, 30 lugares. Olhei para cima e implorei: "Ajude-me, meu Deus, faça com que me coloquem ao lado dela". Deus devia andar ocupado com outros afazeres porque o cidadão que organizava o almoço me fez sentar no outro extremo da mesa. Tive que atravessar o almoço ouvindo conversas sobre topázio e turmalinas. Todos muito simpáticos e agradáveis, mas meu interesse estava naquela pedra preciosa, do outro lado da mesa, que lapidei durante 20 anos com meus sonhos e fantasias.

Final do almoço, alguém disse que Catherine iria se retirar para descansar no hotel. Preciso ser rápido, pensei. Depois do repouso virá à exposição e depois ela irá para São Paulo e depois Porto Alegre e depois Salvador e depois Paris. Não vou aguentar mais 20 anos para voltar a vê-la. As pessoas se levantaram e, no momento em que eu ia partir célere como um Joaquim Cruz para Catherine, um diretor da H. Stern me segurou pelo braço. "Tem uma crônica sua que não esqueço...", disse ele. Essa conversa vai longe, pensei. "Aquela em que você fala do quinteto de cordas...", continuou ele. Era uma crônica do Luís Fernando Veríssimo. Catherine se encaminhou apressada para o hall do elevador. Pedi licença ao cidadão e disse que precisava me apresentar a ela.

— Deixe que eu lhe apresento — disse ele, parecendo disposto a não me largar nunca mais.

Catherine já estava no elevador. Ao pararmos diante dela senti um frio me percorrer a espinha. Ele vai dizer o meu nome e talvez ela se atire nos meus braços.

— Catherine, deixe-me apresentá-la — ela sorriu — a um dos melhores cronistas brasileiros: José Carlos Oliveira!

Quando tentei corrigir, a porta do elevador fechou-se na minha cara.

Ms Allegro
(ma non troppo)

Tio Alfredo foi um dos muitos turistas, cariocas e paulistas, que sonhou com um Natal nas águas transparentes do Caribe.

Desde junho, quando pagou a primeira parcela dos cinco mil dólares, ele e tia Sarah não falavam de outra coisa. Todas as vezes que nos encontrávamos em batizados, casamentos, aniversários, tio Alfredo arrumava um jeito de puxar a conversa para o seu Natal no Caribe. No velório de um parente postiço, tio Alfredo levou-me a um canto para dizer que o defunto pretendia fazer a mesma viagem no futuro. Depois, discretamente, abriu a planta do navio e fez questão de mostrar a localização da sua cabine, enquanto o padre encomendava o corpo do desafortunado.

Compreende-se o entusiasmo de titio e titia. Eles não são ricos. Sua última viagem internacional foi em 1974, a Buenos Aires, de ônibus. Tiveram que juntar economias e tirar o dinheiro da poupança para embarcarem neste sonho fascinante prometido pela agência de turismo. Sua primeira viagem de navio serviria para comemorar os 40 anos de casados. Na festa de aniversário do casamento, quarta-feira passada — dois dias antes do embarque —, a família não teve um minuto sequer para falar do custo de vida ou da sétima carta de intenções. Foi Natal no Caribe do princípio ao fim.

— Olha só o que diz a propaganda — anunciava titio, pedindo silêncio aos presentes. — Cabines com telefone e música! Um tripulante para cada dois passageiros! Cozinha internacional... e tem cassino a bordo! Não é um cruzeiro pra ninguém botar defeito?

Todos concordávamos com um sorriso meio amarelo, morrendo de inveja do titio. Tia Sarah fez um verdadeiro desfile de modas. Exibiu todo o guarda-roupa da viagem. De vez em quando fazia um daqueles comentários cretinos: — Vocês acham que eu deveria levar mais roupas de lã? Será que 10 pares de sapatos são suficientes para 22 dias? Vocês sabiam que em Guadalupe tem estamparias lindas e baratíssimas? — Ninguém nem sabia onde ficava Guadalupe. Aí entrava tio Alfredo desdobrando o mapa no meio da sala para mostrar o roteiro: Bridgetown, Barbados, Guadalupe, Ilhas Virgens, San Juan, e contava histórias intermináveis desses lugarejos sobre os quais vinha lendo desde julho.

— Vocês sabem como é... quero saber onde estou pisando. Não sou como Sarah, que só se interessa por compras. Pra mim o lado histórico e cultural é o mais importante. Deixa mostrar pra vocês a máquina que comprei pra tirar fotos da viagem.

Sexta-feira, tio Alfredo pediu-me para levá-los ao cais onde já os estaria esperando o majestoso Ms Allegro. Cheguei ao apartamento ainda a tempo de ver as últimas cenas de um casal saindo para um Natal no Caribe. Tio Alfredo tentando fechar as malas de titia. Ele caiu na besteira de dizer que em navio não havia limite de bagagem. Pela quantidade de malas, qualquer um juraria que os dois estavam de mudança para o Caribe. Tia Sarah dava férias à empregada, autorizando-a a levar as sobras da geladeira. Tio Alfredo, suando mais que um estivador, desligava as tomadas da casa. Na portaria deram um natalzinho antecipado para o porteiro. — Só estaremos de volta no ano que vem! — disse Tia Sarah sorridente. No carro, respiraram aliviados.

— Ufa! Estava precisando de uma viagem dessas — gemeu titio.

— Nem me fale! — concordou tia Sarah. — Foi cara, mas será ma-ra-vi-lho-sa!

Ao entrarmos no cais, armazém um, o majestoso Ms Allegro ainda não havia chegado. Titio estranhou. Pediu informações aqui, ali e lhe disseram que o navio estava sendo aguardado. Não havia dúvidas: lá estava uma vaga enorme para o majestoso Ms Allegro, entre um cargueiro norueguês e um contratorpedeiro da Marinha. Titio sentou-se sobre uma das malas, no cais. Aos poucos foram chegando outros passageiros, surpreendendo-se com a ausência do navio. Todos tinham sido avisados que o navio atracaria na véspera. Titio começou a se impacientar. Levantou-se, caminhou até a beira do cais e ficou observando o horizonte. Não via nada parecido com o casco branco do majestoso Ms Allegro. As pessoas passaram a se movimentar, andando de um lado para o outro. O navio, que deveria ter partido há uma hora, nem sequer chegou. O funcionário da agência de turismo também não apareceu. Era tudo muito estranho. Os passageiros começaram a formar grupinhos. Iniciaram-se as especulações. Quem sabe ele não atracou em outro armazém? Talvez tenha afundado na entrada da baía. Alguém levantou a possibilidade de o navio ter sido apanhado pela Polícia Marítima: vai ver ele estava transportando o gás da Índia. Surgiu a ideia de ligar para os escritórios da agência.

— Estranho. Numa sexta-feira, ninguém atende.

Os mais otimistas preferiam acreditar que o pessoal da agência deveria estar em alguma churrascaria, num almoço de fim de ano.

Três horas mais tarde não havia nem navio nem funcionário no cais do porto. Os turistas davam seus primeiros sinais de desespero. Alguns corriam pelo cais, sem direção. Outros faziam verdadeiros comícios. Muitos telefonavam a parentes e amigos com influência no Governo. Algo precisava ser feito. Um grupo tentava se entender com os tripulantes do cargueiro norueguês. Perguntava se eles não tinham visto um navio assim, perdido aí pelo Atlântico. Tio Alfredo era o mais indignado de todos. Queria invadir o contratorpedeiro e apontar seus canhões para os escritórios da empresa de turismo.

Anoitecia quando todos concordaram que tinham entrado no conto do "Natal no Caribe". Tio Alfredo e tia Sarah estavam mais abatidos do que eleitores do Maluf. Levei-os de volta para casa. Havia um pesado silêncio dentro do carro. Desembarcamos e iniciamos a operação de retirar as malas. O porteiro aproximou-se e, sem entender, perguntou sorridente:

— Ué... já voltaram?

Senti que se conteve para não estrangular o porteiro. Deu o troco, porém, à pergunta.

— Aquela grana que lhe dei ao sair... devolve.

No elevador, titio entregou o dinheiro para titia comprar leite, pão, geleia, manteiga. Segunda-feira cedinho, tio Alfredo marchou para os escritórios da agência de turismo disposto a tudo. Encontrou-os fechados. Os dois donos estavam desaparecidos. Titio desceu e perguntou ao chefe da segurança do prédio se ele tinha visto os dois pilantras.

— Vi, sim senhor. Eles saíram daqui levando umas malas na quinta-feira à noite.

— Sabe pra onde eles foram?

— Sei, sim senhor. Parece que foram passar o Natal no Caribe.

Concerto em sol menor

Perdoem-me o atraso, mas num oásis de tranquilidade onde nada acontece — ou quando acontece é em *slow motion* — não posso deixar o assunto escapar assim, sem mais nem menos, pelas galerias pluviais da cidade. Tenho de me atracar com essa enchente como Juvenal se atracou na sexta-feira com uma tora de madeira para sobreviver.

Às quatro e meia da tarde, ao chegar em casa, ainda fui alcançado pelos primeiros pingos d'água. Subi, tranquei-me no escritório e me pus a trabalhar. Às cinco e meia, já tocava lá fora a sinfonia torrencial: um concerto em sol menor para capa e guarda-chuva. Às seis, os movimentos tornaram-se mais intensos e pude ouvir um solo de sirena. Parei e pensei: o que vai pifar primeiro, a luz ou o telefone? Tirei cara ou coroa. Deu cara: o telefone. Errei. Meia hora depois desapareceu a luz. E não adiantou nada eu ficar andando pela casa aos berros de *fiat lux*.

Em situações como a de sexta-feira é curioso como as coisas vão desaparecendo ao nosso redor: desaparece a luz, desaparece o ruído do telefone, desaparecem os táxis, os guardas de trânsito, algumas pessoas e, em certos locais, desaparece a própria cidade. A cidade de São Sebastião, estou certo, foi feita para dias de luz, festa de sol e o barquinho a navegar. Não aguenta um tranco mais forte. Fosse gente e esta cidade seria um poço de frescura, cheia de não me toque e não me molhe.

Às sete horas, eu estava de joelhos, com uma vela na mão, orando diante do telefone da mesinha de cabeceira. Aguardava um importante telefonema de São Paulo às sete e meia. O telefone não pode quebrar, não pode quebrar, não pode quebrar, repetia, implorando aos céus para que poupassem o meu aparelho. Se a fé remove montanhas, por que não pode remover o enguiço do meu telefonema que está a caminho? Já não digo remover para sempre, mas ao menos para depois das sete e meia. Às sete e quarenta o telefone tocou. Pude constatar, então, o poder da fé. Aliás, deixem-me acrescentar que uma das razões do sofrimento do carioca é o excesso de fé, que aqui não só remove montanhas como transborda rios, entope galerias, interdita aeroportos e causa desabamentos.

Às oito horas, já na segunda vela, o telefone continuava resistindo. Ligou Ana Lúcia para dizer que estava presa na cidade. Ligou um amigo na casa de quem eu iria jantar dizendo que estava preso no escritório. Ligou outro amigo, que iria passar para apanhar uns discos, dizendo que estava preso na clínica. Só então me dei conta da gravidade da situação. Imediatamente liguei o radinho de pilha e escutei o locutor transmitindo de um ponto qualquer da cidade onde estava preso num congestionamento. Mudei de estação e ouvi uma voz dizendo: "Estamos transmitindo, glub, glub, glub, diretamente do Maracanã, glub, glub, onde o nível do rio glub já está ultrapassando este locutor que vos fala glub, glub".

Precisava fazer algo. Àquela hora, toda a população do Rio encontrava-se presa em algum lugar. Não era justo que eu permanecesse deitado debaixo das cobertas lendo *O caos nosso de cada dia*. Afinal, amanhã a cidade inteira estará relatando suas experiências no meio da enchente. E eu? Que tenho eu para contar? Lembrei-me de que havia uma feijoada marcada para o dia seguinte no apartamento de um casal conhecido e antevi a cena: todos os presentes comentando suas aflições e eu ali, deslocado num canto, sem ter com quem conversar. Não poderia nem dizer que arregacei as calças para atravessar a rua, o mínimo que acontece a qualquer cidadão nessas ocasiões.

Revoltado com minha própria marginalização no curso — ou na correnteza — dos acontecimentos, vesti uma camisa, suspendi a calça até o joelho, tirei os sapatos e resolvi sair para a rua. A vizinha com quem desci no elevador não entendeu bem minha figura: todo limpo, seco de calça arregaçada e descalço. Não resistiu à pergunta: "Você vai pra onde assim?".

— Vou pra enchente.

— Para a enchente? Mas está todo mundo querendo escapar dela. Seu carro ficou parado na rua?

— Não. Está aqui na garagem.

— Mas, então, o que é que você vai fazer na enchente?

— Bem — disse, sem muita certeza —, talvez vá nadar um pouquinho. Está dando pé na Rua das Laranjeiras?

Eram 11 horas da noite quando, caminhando uns 100 metros por uma transversal, alcancei a Rua das Laranjeiras. Constatei que a enchente era outra: de ônibus e carros. Imaginei que tivesse dado um nó cego no trânsito. Para desfazê--lo — pensei —, só içando os carros de helicópteros, caso contrário esse congestionamento vai apodrecer aí na rua. Debaixo do viaduto havia carro virado pra tudo quanto é lado, sendo que um Fusca estava virado pra cima. Na esquina da Rua Pereira da Silva, um senhor de cãs grisalhas gesticulava como um maestro louco tentando fazer com que os carros progredissem ao menos um metro e meio. Mais adiante, um garotão esbravejava ao lado de seu carro fantasiado de mestiço: sem camisa, expondo seu físico bronzeado, usava uma calça bege cuidadosamente dobrada até o joelho e a gravata, como uma fita, amarrada na testa.

Na verdade, como pedestre eu não tinha muito o que fazer na Rua das Laranjeiras, a não ser pular sobre as poças formadas junto ao meio-fio. Para sentir, realmente, as emoções de uma enchente, teria de pegar o carro e me misturar com meus concidadãos no congestionamento. Voltei, peguei o carro rápido, antes que acabasse o congestionamento — já eram 11 e meia —, e enfiei-o no meio dos outros. Um Opala ao meu lado começou a buzinar, um Fusca acompanhou-o, um Corcel fez o mesmo, o coro de buzinas alastrou-se, e eu naturalmente, não querendo ficar para trás, meti a mão na minha. Abriu-se um espaço à minha frente. Não me interessei por ele. Continuei apertando a buzina sem sair do lugar.

— Tá buzinando pra quê, idiota? — gritou um cara. Olha aí a fila andando.

— Pode deixar — respondi. Tá bom aqui.

— Você vai pra onde?

— Eu? Não sei. Eu vou pra onde o congestionamento for.

Sentia-me agora bem mais satisfeito. No dia seguinte, na feijoada, já teria o que contar. De repente, acompanhando as notícias, ouvi no rádio do carro que o Prefeito estava em casa. Em casa? Quer dizer: a população inteira da cidade se debatendo no meio do caos e o xerife refugiado em seu tugúrio. Saltei, irritado, enfrentei uma fila de quase 30 pessoas num orelhão e liguei para o Prefeito. Antes, como o trânsito continuava parado, telefonei para minha mãe comunicando com certo orgulho que estava preso num congestionamento.

— O Prefeito está no banho — disse seu secretário.

— No banho? Estamos todos nós alagados aqui na rua e o Prefeito está no banho? Vai ver que ainda está tomando banho de água quente.

— É verdade, mas ele está solidário com vocês. Entrou no banho de paletó e gravata.

— Prefeito — gritei ao ouvi-lo do outro lado —, a cidade está um caos!

— É mesmo? Sabe que não me disseram nada. Estou certo de que o céu está todo estrelado.

— Pois engana-se. E seria bom que o senhor viesse se juntar ao povo em suas aflições pelas ruas.

— Mas hoje? Hoje não dá. Tem um filme no canal seis que eu não posso perder.

— O senhor tem de vir, Prefeito, há inundações, quedas de barreiras, congestionamentos — (enquanto eu falava, ouvi perfeitamente ele colocar a mão no bocal e se dirigir ao secretário: "Eu não mandei você dizer que não estava em casa?") —, desabamentos, os rios transbordam, a cidade está entrando em colapso.

— Cardíaco? — perguntou ele, sempre brincalhão. — E chove muito?

— Demais.

— Ah, então não dá mesmo. Esqueci meu guarda-chuva, ontem, dentro de um táxi.

— E amanhã o senhor pode vir ver os estragos?

— Amanhã? Amanhã é sábado? Não dá. Amanhã, vou pra Petrópolis.

— E o senhor volta quando?

— Bem, se parar de chover eu volto na segunda-feira.

— E quanto às providências até lá?

— Estão sendo tomadas. Já mandei batizar mais seis ruas com nome de música.

Do pincel à bomba

Apesar das 31 horas de viagem, ainda tive fôlego para caminhar até a outra ala do aeroporto, após me desembaraçar da Alfândega, e tomar um cafezinho. Enquanto Juvenal Ouriço comprava as fichas, observei no jornal que um cidadão lia ao meu lado uma manchete de primeira página que dizia: "Brasil promete não soltar bombas". Alheio ao que se passava no país, no início não entendi direito. Depois lembrei-me que estávamos em junho e pensei que os nossos vizinhos, Argentina, Bolívia, Paraguai, talvez tivessem entrado com um ofício na OEA reclamando contra a barulheira que se faz aqui durante as festas juninas.

— E quanto aos balões — perguntei a Juvenal —, vão continuar soltando?

— Balões — repetiu Juvenal sem entender nada —, que balões?

— Os balões de São João — expliquei. — Todo ano não se faz uma campanha em junho para não soltar balões?

— É. Fazem — respondeu Juvenal meio reticente —, mas eu não sei de nada. Nunca soltei balão, nem japonês. Mas por que você está tão interessado?

— É porque li aqui — e apontei o título do jornal do vizinho — sobre a promessa de não soltarmos bombas. Não são bombas de São João?

— São João? — disse Juvenal curvando-se para ler a manchete. — Bomba de São João o quê, rapaz. É a bomba atômica.

"Bomba atômica?" Quase explodi com a notícia. Quando deixei o Rio, o único artefato chamado atômico de que o Brasil dispunha era um pincel: o pincel atômico. De repente, em menos de 30 dias o País evolui do pincel para a bomba. Realmente — pesei — este País está andando depressa demais. Assim fica muito difícil para o povo acompanhá-lo. Imediatamente supus que a bomba, nossa maior conquista depois da Copa do Mundo, estivesse, como ficou a taça Jules Rimet, exposta numa vitrina qualquer da cidade. E crivei Juvenal de perguntas querendo naturalmente me atualizar; afinal, eu deveria ser o único brasileiro ainda sem condições de dar opiniões sobre a bomba:

— Diga-me. Conte-me — pedi aflito —, conte-me como é que este País chegou à bomba atômica se quase um terço da população não conhece nem a bomba-d'água?

Sem deixá-lo falar, prossegui perguntando: teria sido através de um desses nossos esforçados inventores que um dia invadiu o departamento de Registros e Patentes com a bomba debaixo do braço? Ou será que foi uma daquelas bombas, que os norte-americanos perderam nas costas da Espanha, que vieram dar às nossas praias, trazidas, como os pinguins, pelas correntes marítimas e encontrada por algum surfista de Ipanema? Seja como for, precisamos explodir uma bomba já, para dar uma demonstração de força e pujança aos nossos inimigos.

— A bomba só pode ser usada para fins pacíficos — declarou solenemente o presidente da comissão da bomba. — Sendo assim, proponho que seja lançada num lugar previamente indicado pela Petrobrás.

— Mas por que a Petrobrás? — perguntou um assistente.

— Por medida de economia. O ideal é que saia petróleo do buraco aberto pela bomba.

— Que tal, então, Sergipe? — propôs outro assistente.

— Sergipe acho meio arriscado. Se por um azar qualquer o técnico errar no número de megatons, o Estado pode desaparecer do mapa.

— Bem pensado, presidente. Acho que depois da Guanabara não estamos em condições de sofrer o desfalque de um novo Estado.

— Por falar em Guanabara, por que não soltamos a bomba lá pelas bandas da Rio-Santos? — sugeriu um diretor.

— Faríamos uma grande promoção e poderíamos até recuperar parte das despesas vendendo ingressos para o público.

— Excelente ideia — comentou o presidente. — Aliás, lá em casa meus filhos vivem me chateando dizendo que querem ver a explosão de qualquer maneira.

Alguém então sugeriu que para acomodar o público se pedissem emprestadas as arquibancadas das escolas de samba. Outro deu a ideia de se armar um palanque onde a bomba seria jogada, depois de um grande show com os nossos melhores artistas. As sugestões foram se acumulando e houve até quem quisesse chamar o Pelé para dar o pontapé inicial na bomba. Enfim, depois de acertados todos os detalhes, ficou combinado que a bomba seria jogada no domingo por um helicóptero do Detran.

Finalmente, no dia marcado, milhares de pessoas se reuniram para assistir à explosão histórica. Nas cabinas de rádio os sempre inflamados locutores de futebol, improvisados em locutores de bomba, se contorciam em adjetivos grandiloquentes, saudando o ingresso do País no Clube Atômico.

— Atenção, senhores — berrou o locutor de seis copas e uma bomba —, o helicóptero já se aproxima da grande área e prepara-se para arremessar a grande bomba. Vamos à contagem regressiva: cinco, quatro, três, dois, um, atenção, tapem os ouvidos que lá vem ela.

E diante de uma intensa expectativa a bomba não caiu.

— Alô, senhores ouvintes — voltou o locutor —, queiram perdoar mas a bomba não foi arremessada. Vamos perguntar ao nosso repórter volante Abdias, que está preso na hélice do helicóptero, o que houve com a bomba. Alô, Abdias, por que não soltaram a bomba na hora marcada?

— Alô, senhores ouvintes — falou Abdias —, houve um pequeno contratempo a bordo da nossa nave: a bomba não pôde ser jogada na hora certa porque o cadarço da botina do sargento embaraçou-se com ela no momento do arremesso. O sargento, porém, já está adiantado no trabalho de desfazer o nó. Aguardem mais alguns minutos e a bomba será jogada.

A multidão já começara a se inquietar quando o locutor anunciou: "parece que agora a bomba vem, já posso ver o seu bico saindo pela janela. Atenção, senhores, dou-lhe uma, dou-lhe duas, dou-lhe três, lá vem ela". A bomba escorregou pelo helicóptero, veio descendo em alta velocidade e, quando o público tapou os ouvidos e muitas senhoras viraram o rosto aguardando o estrondo, a bomba caiu sobre o piso de aço do palanque, quicou algumas vezes como uma bola de pingue-pongue e ficou lá deitada, quietinha. O público aguardou em silêncio uns 15 minutos. Como a bomba não se manifestasse, os mais curiosos foram se aproximando sorrateiros.

— Ninguém chega perto — gritou um soldado da PM que ia à frente do grupo de curiosos —, mantenham distância, mantenham distância.

— É melhor ninguém tocar, pediu um cidadão já a três metros da bomba.

— Eu tenho uma vassoura — disse o encarregado da limpeza do palanque —, a gente pode cutucá-la com o cabo.

Deram uma, duas, três cutucadas, e como a bomba não saiu do lugar, a massa então se aproximou com mais coragem. O PM da segurança fez logo um cerco a meio metro de distância da bomba e indagou alto: "Tem alguém aí que entende de bomba?" Um crioulo se aproximou dizendo que "manjava alguma coisa", pois trabalhava com motor a explosão e se a bomba também explodia deviam ter algo em comum. Agachou-se, examinou a bomba de um lado, do outro, e perguntou: "Alguém tem uma chave de fenda aí?" Imediatamente apareceu a chave de fenda.

O crioulo abriu a bomba como se tivesse levantado o capô de um carro enguiçado. Aí foi aquela loucura, todo mundo dando palpite de uma vez só: "não terá sido aquela válvula?", "quem sabe não foi na ignição?", "acho que é melhor a gente dar um empurrãozinho na bomba", "se quiserem levantá-la eu posso pegar o meu macaco", "por que a gente não liga o arame que está solto naquele fio vermelho?", e os palpites iam se estender por muito mais tempo se não aparecesse um senhor muito decidido, com ar de cientista, que examinou a bomba, fez umas contas no papel, deu tapinha no casco, levantou-se e fez seu diagnóstico:

— A bomba não explodiu porque foi injetado pouco hexafluoreto de urânio no dispositivo que permite a força centrífuga recolher para a parte central mais urânio 235, afastando o urânio 238. Em suma, o urânio está pouco enriquecido.

— E então, que fazemos? — perguntou o soldado da PM já se sentindo dono da bomba. — Vamos adiar a explosão?

— Acho que não é preciso — gritou um branco de bigodinho saindo do meio dos curiosos. — Se o problema é enriquecer o urânio, a gente pode dar um jeito aqui mesmo.

— Como?

— Deixa comigo. Quanto que falta para enriquecer o urânio? A gente faz uma "vaquinha" aqui e levanta rápido essa "grana".

A novela conjugal

Desde o momento em que comecei a escrever a novela, minha vida com Ana virou de pernas pro ar. Estamos os dois nos debatendo, arrastados pela correnteza desse projeto diluviano que inundou a casa e ameaça pôr a pique a nossa relação. Fechado em meu escritório, dia e noite, sem abrir a porta, sem atender telefone, manipulando 40 personagens em meio a ações, situação e conflitos, passei os cinco primeiros capítulos sem me encontrar com Ana. Ela chegara da Polygram, e eu estava trabalhando. Mais tarde, quando ia dormir, era impossível nos vermos: eu ainda estava trabalhando. Dia seguinte, ao acordar, um novo desencontro: eu continuava trabalhando.

A solução foi passarmos a nos comunicar por bilhetes. Ela jogava os dela por baixo da porta do meu escritório e eu deixava os meus pregados no espelho do banheiro. Fomos assim até o nono capítulo. Uma noite, circulando pelo escritório, sem saber o que fazer com 25 personagens, vi chegar um bilhete onde se lia em vermelho: "urgente". Abri. Mais uma reclamação da Ana. No capítulo sétimo já havia me enviado uma carta desaforada dizendo que minha letra nos bilhetes tornara-se ininteligível. Agora reclamava porque no lugar dos bilhetes eu estava lhe dando a cópia dos capítulos. Ameaçava suspender a correspondência. Sem tempo para sequer assinar o nome, propus que nos falássemos pelo telefone: três minutos, uma vez por dia.

— Há quanto tempo não ouço sua voz — disse ela. — Sabe que quase não a reconheci...
— Que é que você tem feito?
— Nada. Tenho ficado em casa. E você?
— Eu também... trabalhando. Você vai sair hoje?
— Quer jantar comigo?
— Ana, você sabe que eu não posso sair...
— Estou falando em jantarmos juntos... em casa.
— Não dá, Ana. Infelizmente já tenho um compromisso. Tenho que terminar o décimo capítulo.
— E mais tarde? Você vai aparecer lá na cama hoje?
— Acho difícil...
— E amanhã... no café? Dá? Cinco minutinhos só...
— Amanhã é que dia? Sexta? Impossível, Ana.
— Você tem que arranjar um tempo. Eu quero lhe ver — aos berros. — Eu quero lhe ver!
— Tá bom, tá bom, Ana. Não precisa gritar. Vamos fazer o seguinte: encontre-se comigo, amanhã às 7h47 na porta do banheiro.

Dia seguinte, demorei-me um pouco mais para criar o suspense final do capítulo 10 e só pude chegar ao banheiro às nove horas. Ana já tinha saído. À tarde, no nosso telefonema, disse que havia esperado até às 8h45, e me deu uma espinafração.

— Por que você não apareceu? Por quê? Não me venha com a desculpa do trânsito, hein! Do escritório ao banheiro não são nem cinco passos.

Discutimos muito aquela tarde e ficamos sem nos falar — por bilhetes ou telefone — até o 14º capítulo. No 15º encontrei um cartão-postal embaixo da porta. Era de Ana. Trazia uma foto do Corcovado e o texto dizia entre outras coisas: "Tenho me divertido muito. O Rio já está em ritmo de verão, tenho ido à praia, frequentado a casa de amigos e fui pra fora neste último fim de semana. Fui pra Cabo Frio. Você ainda se lembra de Cabo Frio? Tenho muita coisa para lhe contar, mas só pessoalmente. Saudades, Ana". O carimbo era dali, da agência de correios do Largo do Machado.

Terminei mais um *break* (às vezes, andando pelos corredores da Globo, conversando com as pessoas, tenho a impressão de que estou na ABC ou na CBS), aproveitei o intervalo comercial e liguei para Ana. Ana insistia num encontro pessoal.
— Tá legal — concordei —, onde?
— Bem... pode ser na sala de jantar?
— Muito solene, Ana. Preferia um lugar mais romântico. Que tal ali na varanda, perto das plantas? Podemos nos encontrar ali, conversar um pouco e depois vamos para outro lugar.
— Acho ótimo. Vamos pro quarto?
— Pro quarto? Bem, não sei... Você se esquece que não estarei sozinho... Agora, pra tudo quanto é lugar que vou, carrego 40 personagens comigo... Não sei se ficaria à vontade diante deles.
— Bem, na hora a gente vê... Se eu me atrasar um pouquinho você me espera. Não volta pro escritório, não.
— Pode deixar, essa noite não vou trabalhar.
Acabei o capítulo — o 15º —, deixei o escritório, passei no quarto, notei algumas mudanças — Ana tinha colocado cortinas, trocado a luminária —, coloquei minha melhor roupa e fui para a varanda aguardar a chegada de Ana da Polygram. Às oito em ponto ela abriu a porta.
— Demorei?
— Foi britânica. Poxa, como você está bem!
— Você também, não mudou nada.
— Quanto tempo, hein, Ana!
— Pois é... quanto tempo! Duas semanas... Como é que está o escritório?
— Uma zorra. E o Rio?
— Outra. A última novidade no Brasil é o aumento da gasolina.
— Isso não me preocupa. A gasolina que tenho no carro deve dar até o final da novela.
— Que é que você quer fazer? Onde é que nós vamos?

— Quer ir até a salinha de televisão?
— Eu preferia andar.
— Então, vamos... Vamos dar umas voltas no corredor.
Demos as mãos, entrelaçamos os dedos e começamos a caminhar no corredor como quem passeia pela Vieira Souto.
— Precisamos — disse Ana — mandar pintar essas paredes.
— Paredes! Paredes! É isso! Ana, você me desculpe, mas tenho de voltar pro escritório.
— Mas... o que houve?
— Tem um personagem... eu não sabia o que fazer com ele... vou transformá-lo em pintor de paredes. Desculpe, Ana. Nos veremos outro dia — antes de desaparecer no escritório ainda fiz aquele clássico gesto. — Me telefone...
— A que horas?
— Qualquer hora... entre uma da manhã e meia-noite. Tchau. Dê lembranças aos nossos amigos...

Ficamos até o 29º capítulo sem nos ver. Ontem, ao terminar o trigésimo, às quatro da manhã, senti uma enorme saudade de casa. Parei tudo, deixei o escritório e fui me deitar na nossa, na minha cama. Entrei no quarto na ponta dos pés, mantive as luzes apagadas pra não acordar Ana e, enfim, fui me jogando lentamente na cama. Nesse momento, Ana virou-se, nos esbarramos, ela acordou, arregalou os olhos e num salto saiu gritando pela casa:
— Socorro! Socorro! Tem um homem na minha cama!

Conhecendo o autor

Carlos Eduardo Novaes

Vocação para o humor

Carlos Eduardo Novaes exerceu várias profissões até descobrir que sua vocação era mesmo a literatura.

Em 1959, Carlos Eduardo Novaes era um jovem e irrequieto carioca e resolveu deixar a Cidade Maravilhosa para se aventurar em Salvador. Começava assim a vida profissional, nada monótona, aliás, do futuro escritor. Só que até chegar à literatura o caminho seria muito longo — e sinuoso.

Nascido em 13 de agosto de 1940, no Rio de Janeiro, Carlos Eduardo Novaes resume de forma concisa seus anos de aprendizagem: "Filho de militar e de uma senhora cadastrada como prendas domésticas, acho que resultei num lógico e bom produto. Bastou-me pouco tempo em colégios de padres para resolver abandonar a religião para sempre".

Logo que se formou em Direito, Novaes trabalhou durante algum tempo como advogado, mas acabou desistindo da profissão, muito séria para ele, e foi ser conservador de um museu, mas viu que naquela carreira não tinha muito futuro. Quem sabe como funcionário público? Mas também não era sua praia.

Não demorou muito resolveu abrir uma empresa dedetizadora. E por que não tentar a sorte como dono de uma fábrica de picolés?

Como, na verdade, nada parecia lhe dar muita satisfação, Novaes voltou ao Rio, depois de dez anos de andanças por outras vizinhanças. Na bagagem, além de dívidas, alguns textos escritos lá pelas bandas da Bahia.

Partiu para o jornalismo, onde sua primeira missão foi escrever sobre política internacional. Alguns meses depois, surgiu mais uma nova mudança: trocou de jornal e de pauta: passou a escrever sobre esportes. E foi aí, então, que Carlos Eduardo Novaes descobriu sua vocação para o humor. Os seus prognósticos para a loteria esportiva estavam mais para crônicas do que para textos meramente informativos. Acabou virando cronista.

Sempre em busca de novas experiências, Carlos Eduardo Novaes não se contentou só com a palavra escrita nos jornais ou nos livros. Escreveu roteiros de cinema, peças de teatro e novelas de tevê, além de nas telas e nos palcos por várias vezes mostrar seu talento como ator. E não foi só: entre 1991 e 1992, ocupou a Secretaria de Cultura da Cidade do Rio de Janeiro.

Mas a grande paixão de Novaes é mesmo a literatura. Como ele próprio confessa, não para de criar, imaginar, nem mesmo quando está dormindo. Sorte de seus inúmeros leitores, que têm sempre uma nova história para se deliciar. Daquelas que provam que rir é um ótimo negócio.

Referências bibliográficas

Os textos que compõem esta antologia foram extraídos das seguintes obras:

"O Estripador de Laranjeiras", "Vida de acompanhante": *O Estripador de Laranjeiras*. Rio de Janeiro, Nórdica, 1983.

"Essas mães maravilhosas e suas máquinas infantis", "Em busca do ouro": *Deus é brasileiro?* Rio de Janeiro, Nórdica, 1984.

"Titia em apuros", "O massacre da peruca", "O outro", "A cadeira do dentista": *O país dos imexíveis*. Rio de Janeiro, Nórdica, 1990.

"Por que no lugar do boi...?", "A idade da pedra", "O rei de Noveorqui", "A novela conjugal": *Democracia à vista!* Rio de Janeiro, Nórdica, 1981.

"A informação veste hoje o homem de amanhã", "Amarrem os cintos e não fumem": *A travessia da via crucis*. 3. ed. Rio de Janeiro, Nórdica, 1978.

"A falta de senso do censo", "A regreção da redassão", "O marreco que pagou o pato", "Do pincel à bomba": *Os mistérios do aquém*. 2. ed. Rio de Janeiro, Nórdica, 1976.

"Meu primeiro assalto", "Férias no Rio", "Belle de jour", "Ms Allegro (ma non troppo)": *O day after do carioca*. Rio de Janeiro, Nórdica, 1985.

"Os filhos dos descasados": *Homem, mulher & Cia. Ltda*. 2. ed. São Paulo, Ática, 1987.

"Ser filho é padecer no purgatório": *Juvenal Ouriço, o repórter*. Rio de Janeiro, Nórdica, 1977.

"Concerto em sol menor": *O quiabo comunista*. 4. ed. Rio de Janeiro, Nórdica, 1977.

Coleção
PARA GOSTAR DE LER

Boa literatura começa cedo

A Coleção Para Gostar de Ler é uma das marcas mais conhecidas do mercado editorial brasileiro. Há muitos anos, ela abre os caminhos da literatura para os jovens. E interessa também aos adultos, pois bons livros não têm idade. São coletâneas de crônicas, contos e poemas de grandes escritores, enriquecidas com textos informativos. Um acervo para entrar no mundo da literatura com o pé direito.

Volumes de 1 a 5 – Crônicas
Carlos Drummond de Andrade, Fernando Sabino, Paulo Mendes Campos e Rubem Braga

Volume 6 – Poesias
José Paulo Paes, Henriqueta Lisboa, Mário Quintana e Vinícius de Moraes

Volume 7 – Crônicas
Carlos Eduardo Novaes, José Carlos Oliveira, Lourenço Diaféria e Luís Fernando Veríssimo

Volumes de 8 a 10 – Contos brasileiros
Clarice Lispector, Graciliano Ramos, Ignácio de Loyola Brandão, Lima Barreto, Lygia Fagundes Telles, Mário de Andrade e outros

Volume 11 – Contos universais
Edgar Allan Poe, Franz Kafka, Miguel de Cervantes e outros

Volume 12 – Histórias de detetive
Conan Doyle, Edgar Allan Poe, Marcos Rey e outros

Volume 13 – Histórias divertidas
Fernando Sabino, Machado de Assis, Luís Fernando Veríssimo e outros

Volume 14 – O nariz e outras crônicas
Luís Fernando Veríssimo

Volume 15 – A cadeira do dentista e outras crônicas
Carlos Eduardo Novaes

Volume 16 – Porta de colégio e outras crônicas
Affonso Romano de Sant'Anna

Volume 17 – Cenas brasileiras - Crônicas
Rachel de Queiroz

Volume 18 – Um país chamado Infância - Crônicas
Moacyr Scliar

Volume 20 – O golpe do aniversariante e outras crônicas
Walcyr Carrasco

Volume 21 – Histórias fantásticas
Edgar Allan Poe, Franz Kafka, Murilo Rubião e outros

Volume 22 – Histórias de amor
William Shakespeare, Lygia Fagundes Telles, Machado de Assis e outros

Volume 23 – Gol de padre e outras crônicas
Stanislaw Ponte Preta

Volume 24 – Balé do pato e outras crônicas
Paulo Mendes Campos

Volume 25 – Histórias de aventuras
Jack London, O. Henry, Domingos Pellegrini e outros

Volume 26 – Fuga do hospício e outras crônicas
Machado de Assis

Volume 27 – Histórias sobre ética
Voltaire, Machado de Assis, Moacyr Scliar e outros

Volume 28 – O comprador de aventuras e outras crônicas
Ivan Angelo

Volume 29 – Nós e os outros – histórias de diferentes culturas
Gonçalves Dias, Monteiro Lobato, Pepetela, Graciliano Ramos e outros

Volume 30 – O imitador de gato e outras crônicas
Lourenço Diaféria

Volume 31 – O menino e o arco-íris e outras crônicas
Ferreira Gullar

Volume 32 – A casa das palavras e outras crônicas
Marina Colasanti

Volume 33 – Ladrão que rouba ladrão
Domingos Pellegrini

Volume 34 – Calcinhas secretas
Ignácio de Loyola Brandão

Volume 35 – Gente em conflito
Dalton Trevisan, Fernando Sabino, Franz Kafka, João Antônio e outros

Volume 36 – Feira de versos – poesia de cordel
João Melquíades Ferreira da Silva, Leandro Gomes de Barros e Patativa do Assaré

Volume 37 – Já não somos mais crianças
Katherine Mansfield, Machado de Assis, Mark Twain, Osman Lins e outros

Volume 38 – Histórias de ficção científica
Edgar Allan Poe, H. G. Wells, Isaac Asimov, Millôr Fernandes e outros

Volume 39 – Poesia marginal
Ana Cristina César, Cacaso, Chacal, Francisco Alvim e Paulo Leminski

Volume 40 – Mitos indígenas
Betty Mindlin

Volume 41 – Eu passarinho
Mario Quintana

Volume 42 – Circo de palavras
Millôr Fernandes

Volume 43 – O melhor poeta da minha rua
José Paulo Paes

Volume 44 – Contos africanos dos países de língua portuguesa
Luandino Vieira, Luís Bernardo Honwana, Mia Couto, Ondjaki e outros